房子日日

房子日日

박상률 장편소설

사□계절

◎작가의 말

『춘향전』은 우리나라 사람이라면 거의 다 아는 고전이다. 거기에 나오는 이몽룡과 성춘향은 이팔청춘 열여섯의 나이에 '찐한' 사랑을 했다. 지금으로 치면 겨우 중학교 고학년이거나 고등학교 저학년에 해당하는 나이이다. 그런데도 그들은 불같은 사랑을 나누었다. 그것도 고루하기 짝이 없다고 알려져 있는 조선 시대에!

소설은 시대의 거울이기도 하다. 따라서 조선 시대를 배경으로 한 『춘향전』은 조선 시대 청춘들의 사랑을 비추는 거울이라고 할 수 있다. 그렇다면 어떻게 하여 조선 시대에 그토록 '뜨거우면서도 절절한' 사랑 이야기가 탄생할 수 있었을까?

우리 시대의 열여섯은 '청소년 취급'을 받지만, 조선 시대의 열여섯은 '어른 대접'을 받았다. 취급과 대접 사이에는 '책임' 이 있다. 무슨 말이냐 하면, 취급을 받으면 책임을 지지 않으려 하지만 대접을 받으면 책임을 지려 한다는 것이다. 그래서 같 은 열여섯이라도 조선 시대의 사랑은 뜨거우면서도 절절한데 우리 시대의 사랑은 가벼우면서도 시큰둥하다.

사람들은 이몽룡과 성춘향에게만 관심을 두지, 방자나 향단 이에게는 그다지 관심을 두지 않는다. 다들 조선 시대의 청춘 들인데 말이다. 내 보기에 『춘향전』을 통틀어 가장 매력 있는 인물은 방자이다. 춘향이 아주 개성 있는 인물이긴 하나, 그는 이미 개성을 넘어 전형화한 인물이 된 까닭에 더 발전이 없다. 하지만 방자는 자신의 한계를 뛰어넘어 여러 가지로 살아 움 직여 나가는 인물이다. 나는 그 살아 움직이는 방자라는 인물 이 기꺼웠다.

살아 있는 인물인 방자를 가까이 들여다보았더니 그가 뜻밖 에도 많은 이야기를 들려주었다. 시대와 신분의 한계를 뛰어 넘어 자유롭게 살고자 했던 방자! 방자는 자유인 그 자체였다. 이 소설은 자유인이고자 했던 방자를 그렸다.

그간 『춘향전』의 여러 판본을 살펴보았지만 한결같이 춘향 이가 이야기의 중심이었다. 그러다 보니 어떤 판본이든 이야 기가 고만고만하고 더 나아가지 못하고 말았다. 나는 이야기 의 실마리가 된, 이몽룡이 성춘향을 좋아했다는 것은 『춘향전』

에서 가져왔지만 『춘향전』에 없는 많은 이야기는 방자한테서 '들었다'. 내가 한 일은 방자가 들려주는 이야기를 받아 적은 것뿐이다. 그렇게 『방자 왈왈』은 탄생하였다.

때의 고금과 곳의 동서를 막론하고 청춘들은 성장하고자 한다. 그러나 성장은 고통을 수반한다. 나무가 나이테를 하나 더 두르기 위해 계절의 시련을 다 겪어야 하듯, 고통 없는 성장은 없다. 방자는 물론 이몽룡과 성춘향, 그리고 향단이까지 모두 나름의 아픔을 겪는다. 그리하여 마침내 그들은 자란다. 그래서 『방자 왈왈』은 방자를 비롯해 그를 둘러싸고 있는 조선 시대 청춘들의 성장담이다.

독자들은 이 소설을 통해 조선 시대 청춘들 또한 우리 시대 청춘들과 별반 다르지 않은 고민을 안고 살았다는 걸 알 수 있을 것이다. 언제고 어느 때고, 청춘은 고민을 먹고 자란다. 조선 시대 청춘들에게 아낌없는 박수를! 그리고 우리 시대 청춘들에게 웅숭깊은 껴안음을!

서기 2011년 어느 봄날 無山書齋에서
박상률

◎ 차 례

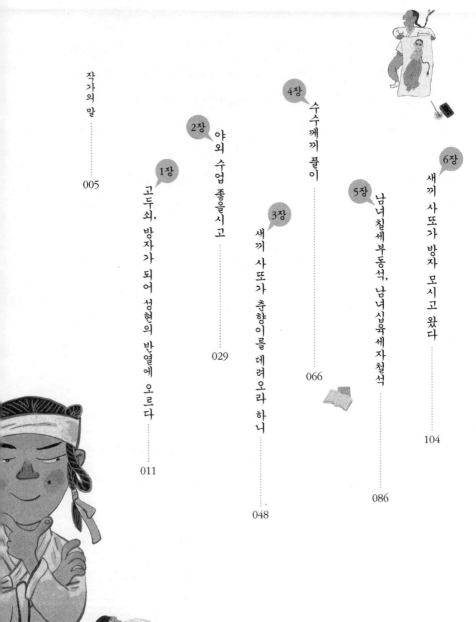

1장
고두쇠, 방자가 되어
성현의 반열에 오르다

언필칭 '동방의 고요한 아침 나라'라고 하는 조선국에 뒷날 숙종이라는 이름을 받은 임금이 나라님 자리를 꿰차고 있을 때의 일이렷다. 한양에서 천릿길 머나먼 곳 전라도 하고도 남원 고을에 방자(房子)라는 인물이 살고 있었으니, 그의 사람됨은 이름에서 다 드러나고도 남음 직하렷다.

이를테면 방자라는 이름은 중국 땅 춘추전국시대의 제자백가라 일컫는 공자·맹자·순자·묵자·노자·장자·손자·열자·관자·한비자 같은 인물들과 어깨를 나란히 하는 '자(子)' 돌림자라는 것이다. 이는 방자가 살아생전에 이미 저세상 사람들인 자 자(子字) 성현들과 같은 반열에 올라 있음을 뜻하는 것 아니겠는가. 조선은 중국을 형님 나라처럼 떠받드는 처지인지라 인물조차도 중국 인물을 우러러 받든다. 그러기에 방자가 그들을 형님으로 모신다고 해서 뭐 한 치라도 어긋남 있으랴.

물론 방자가 처음부터 방자였던 것은 아니다. 그의 본디 이름은 고두쇠였다. 고두쇠란 작두날을 끼우는 쇠기둥에 가로지른 쇠막대를 이르는 말이렷다. 고두쇠는 작두날이 빠지지 않게 하면서 작두질을 할 수 있게 하는 구실을 한다. 단순한 쇠막대가 아닌 만큼, 사람 이름이 고두쇠라면 꼭 필요한 역할을 하는 사람이 되라는 뜻이었던 것 같다.

그러나 방자는 정작 누가 자신에게 고두쇠라는 이름을 붙여 주었는지 모른다. 자신을 길러 준 외할머니가 "고두쇠야!"라고 부르니까 그저 자기 이름이 고두쇠인 줄 알 뿐이다. 본디 성도 있었을 것인데 성은 무엇인지 아예 모른다. 애당초 아비가 누군지 모르고 어미는 남원 관아에 딸린 기생이었다는 것만 아는데, 아비는 출생 이전에 사라졌고 어미는 출생 후 얼마 안되어 세상을 떠나 버린 탓이다.

고두쇠는 할머니와 관아 밖 주막거리에서 어려서부터 줄곧 살았다. 그러고 보니 할머니도 어머니처럼 관기 출신이었단다. 할머니는 딸이 자신보다 먼저 세상을 뜬 뒤 그 딸이 남긴, 아직 젖도 떼지 않은 핏덩어리를 거두어야 했으니 그 인생도 꽤나 박복하다 할 것이다. 고두쇠는 할머니 주막에 단골로 들락거리던 이방아전의 주선으로 관아에 들어가게 되었으니, 그

역시 대를 물려 관아 물을 먹을 운명이렷다.

"주모 할멈, 고두쇠도 인자 대가리 굵어졌은께 지 밥벌이라도 하게 관아로 데려가 심부름이라도 시켜 볼까? 통인이네 방자네 하는 심부름꾼 말이시."

"하이고, 말씀이라도 고맙소. 애비 에미 얼굴도 모르고 자란 것 생각하믄 불쌍하제만 그려도 저만치나 컸은께 인자 지 밥벌이만 혀도 출세지, 출세여."

"출세라고 헐 것까지는 없고, 마침 신관 사또 자제 도령이 딸랑이 하인 없이 왔은께 고두쇠를 그 도령 책방 방자로 붙여 주면 딱 쓰겄다 싶어서……. 그라믄 쇠뿔도 단김에 빼렸다고, 말 나온 김에 내 바로 주선해 보겠소."

그리하여 고두쇠는 관아로 들어가 새로 부임한 이 사또의 외아들 이몽룡의 잔심부름을 거드는 책방 방자가 된 것이다. 방자가 된 고두쇠의 인생 유전이 이러하나, 방자가 되자마자 그는 주막에서 잔뼈 굵어지도록 익힌 눈치코치를 십분 발휘하여 다른 통인들의 추종을 불허하는 독보적인 자리를 점하여, 자 자 항렬의 반열에 오르게 된 것이렷다.

방자가 관아에 들어오자마자 사또의 외아들과 붙어살게 되니 은근슬쩍 시샘하는 통인들도 적지 않았것다.

"저 방자로 들어온 고두쇠란 놈, 뭐 하던 놈이여?"

"나도 몰러. 들리는 소문에 기대믄 애비 에미 얼굴도 모르는 놈이디야. 옛날옛날 어떤 씨뜨기 외입혀서 난 놈이리는 말도 있고······."

"오입이 아니고?"

"아따 그 사람 문자 속 깊지도 않음시롱 따지기는······. 오입이라믄, 잘못 오(誤)에 들 입(入)이라, 말대로라믄 잘못 들어간 것이 되는디, 사또가 나라님 허가 난 관아 기생하고 정을 통한 것인께 잘못 들어갔다고 할 순 없고 바깥으로 들어간 것이 것제. 내입(內入)하는 안집 구녘 말고 외입(外入)하는 바깥집 구녘 말이여."

"잉? 그라믄 고두쇠 저놈 에미가 기생이었단 말이여?"

"그렇다는 소문이 있다는 것이제, 내도 자세히는 몰러."

그러나 관아의 통인들은 고두쇠가 방자로 들어와 불알에서 방울 소리가 날 정도로 이리 뛰고 저리 뛰는 게 기특하여 차츰 호의적인 관심을 보였것다. 사실 부지런한 방자 덕에 자신들의 신역이 훨씬 수월해져 몸뚱이가 편해진 것도 있어 시간이 지나면서 모두들 방자를 귀여워하고 밥 자리든 술자리든 꼭 데리고 다니게까지 되었다. 그때부터 방자라는 호칭도 다른 통인들에겐 쓰지 않고 오로지 고두쇠한테만 쓰게 되고 보니, 성현의 탄생 조짐을 다 알아본 까닭 아니겠는가.

그런데 방자가 관아에서 자리를 잡을수록 누구보다 좋아하는 이는 따로 있었으니, 바로 사또의 외아들 이몽룡이렸다. 그러잖아도 한양 살다 천 리 먼 남원 고을에 아버지를 따라오고 보니 물 설고 산 설고 사람 선 것까지는 이냥저냥 견딜 만한데,

하루하루 심심한 것은 도무지 견딜 수가 없었것다. 한양 살 땐 걸핏하면 또래 악동들과 함께 삼청동 집을 나서 저잣거리로 산으로 강으로 쏘다니며 놀아 제꼈는데, 남원 고을에 오고 나선 어디 갈 데도 없고 같이 놀 벗도 없어 답답하고 답답하여 이대로 그냥 지나다간 가슴에서 불이 날지도 모를 일이었다. 그런 판에 나이가 자신과 어금버금해 보이는 고두쇠가 책방 방자로 들어왔으니 이 아니 좋을쏜가.

몽룡은 본디 공부를 좋아하는 학동이라기보다는 틈만 나면 말썽을 일으키는 악동이었다. 이런 몽룡을 두고 그의 아버지는 늘 혀를 끌끌 찰 수밖에 없었으리라.

"허, 참! 몽룡이 녀석이 나중에 뭐가 되려고 도대체 공부엔 관심이 없고 밖으로 싸다니기만 하는지 모르겠구먼."

그런 말을 들을 때마다 몽룡의 어머니는 몽룡을 가졌을 때 꾼 태몽이 꺼림칙하였다. 아들 이름으로 꿈 몽(夢) 자에 용 룡(龍) 자를 쓰지만 사실 꿈속에서 본 것은 용이 아니라 지렁이였던 것이다. 자고로 큰 인물이 되려면 꿈부터 예사롭지 않아야 하는데 기껏 땅속이나 헤집고 다니는 지렁이 꿈을 꾸었으니, 아들이 공부엔 해찰이나 부리며 밖으로만 싸대는 게 꿈 탓이련 할 수밖에.

"허허, 부인! 지렁이도 진서로는 토룡(土龍)이라 하오. 땅속에 사는 용이란 말이오. 그러니 꿈에서 용을 본 건 마찬가지요."

몽룡 어머니는 남편의 그럴싸한 해몽에 적이 마음이 놓이긴
해도 걱정스런 마음을 아주 떨쳐 낼 순 없었다. 그나마 다행인
건 몽룡이가 순하다는 것이다. 어려서부터 여간해선 떼도 쓰
지 않았고 자라면서도 좀체 성깔을 부리지 않았다. 하지만 몽
룡 어머니는 그것도 걱정이었다. 지렁이는 밟히지만 않으면
꿈틀대지 않을 때가 많으니…….

몽룡이 남원에 오고 보니 우선 자신과 짝패가 되어 놀 만한
또래가 없었다. 몽룡으로선 무엇보다도 그게 이만저만 못마땅
한 것이 아니었다. 아버지가 사또이다 보니 모두들 자신을 사
또 이상으로 받들어 주려고만 하지, 또래 벗 하나 붙여 주지 않
는 것이었다. 게다가 직위나 신분이 모두들 사또 아래이다 보
니 어느 누구도 자신과 허물없이 지내려고 하지를 않았다. 그
런 참에 고두쇠가 관아로 들어와 자신의 주 거처인 책방의 방
자가 되었으니 이 어찌 아니 좋을 수 있으랴.

"얘, 방자야!"

"이름 놔두고 방정맞게 방자가 뭐유? 내 이름은 고두쇠유."

"고두쇠는 네 이름이고 여기서 하는 일은 방자 일이렷다. 사
실 말이지 고두쇠라 그러면 마당쇠나 돌쇠, 먹쇠, 떡쇠, 곰쇠처
럼 흔하디흔한 쇠 자 돌림이어서 좀 그렇잖니. 게다가 고로쇠
모르쇠까지 같은 항렬이라고 덤비면 곤란하잖아. 그러니 기왕
이면 공자 맹자처럼 자 자 돌림인 방자가 훨씬 낫지, 하하!"

몽룡이 방자를 처음 본 날 방자라고 부르자, 방자 녀석 맹랑

하게 제 이름을 들이밀었다. 하지만 그게 밉지 않았다. 우선은 무엇보다 나이가 궁금했다. 몽룡은 양반 위엄을 잃지 않고 점 잖게 물었다.

"애, 고두쇠야! 아니, 방자야! 올해 몇 살 먹었느냐?"

"되령보다는 더 묵었을 것이오."

몽룡은 도련님도 아니고 그냥 되령이라고 하는 방자가 슬쩍 얄미웠다. 그러나 양반 체면에 상놈하고 그런 것 가지고 다투기도 민망하여 애써 태연한 척했것다.

"나는 이팔청춘 꽃띠인 십육 세인데."

"얼레? 시방 그깟 꽃띠 정도 가지고 재고 그러우? 이 몸으로 말할 것 같으믄, 에헴, 왕꽃띠인 이구 씹팔 세요."

"씹팔 세? 그놈 참 입 한번 걸구나. 그렇다면 네가 나보다 두 살 더 먹었단 말이냐?"

"허! 더하고 뺄 것도 없이 딱 두 살 차이가 지는구만. 그렇다믄 누가 뭐래도 내가 형님이구만."

"예끼! 상놈이 형님 되는 법이 어디 있느냐?"

"왜? 상놈은 나이 더 묵으믄 안 된다는 법이라도 있슈? 양반이고 상놈이고 낫살 더 높으믄 형님은 형님이제, 그게 뭐 어째서? 뭐니 뭐니 혀도 상놈은 나이가 양반이요."

"허, 그것참. 그 말은 상놈은 나이가 들어야 뭣 좀 알게 된다는 소리지, 나이 많은 게 좋다는 뜻이 아니지 않느냐……. 암튼 니 판아 굴 믹고 실러먼 세내토 쫌 배워야 쓰겄나. 니봐라!

게 통인 없느냐?"

"통인은 뭣 땜시 부르고 그런디야?"

방자가 볼멘소리를 하는 사이 바로 책방 안쪽 마루 뒤에서 방자보다 더 작은 사내가 종종거리며 뛰쳐나왔것다.

"부르셨습니까, 도련님?"

"내가 불렀으니 네가 왔겠지."

"그럼 무슨 일로?"

어이없는 일이었다. 한양에선 집안의 하인이든 심부름꾼이든 죄다 사근사근하기가 막 깎아 놓은 배 같았는데, 남원 고을 아랫것들은 한결같이 퉁명스러운 데다 싸라기밥만 먹고 살았는지 말 끝자락은 다 잘라먹고 위아래도 없이 꼭 반말 투로 대꾸하는 것이었다.

그렇지만 몽룡은 아무렇지도 않은 척 방자를 흘깃 바라보며 애써 위엄 서린 목소리로 말할 수밖에. 기실은 눈앞에 뛰쳐나온 통인 녀석도 마뜩찮다. 그래도 관아 물 좀 먹은 고참 통인 녀석한테 싫은 내색 할 수 있나.

"저 새로 온 방자 녀석 교육 좀 시켜라."

"교육이라믄 무슨 교육 말씀이신지……?"

"저 녀석은 나를 대하는 법도 아직 모르니라!"

이번엔 방자가 어이없을 차례렷다. 도령이 먼저 나이가 몇이냐고 해서 알려 주었을 뿐이다. 이어 자신이 두 살 어리다고 해서 그럼 내가 형님이네 했더니, 뜬금없이 통인을 불러 자신

18

을 대하는 법을 가르치라니…….

통인은 사또 자제가 자신들보다 얼마나 높은 자리에 있는지를 일러 주며, 무조건 굽실굽실하면서 "예, 예" 해야 한다고 했던 것이다. 그러나 방자는 여태껏 누구한테 굽실거려 보지를 않았다. 비록 할머니가 주막을 할지언정, 손자인 자신은 누구에게도 매이지 않고 자유롭게 살 수 있었기 때문이다.

"덴장, 넨장! 두 살이나 어린 게 사또 아들이라고 되게 건방지네. 내가 먹은 밥그릇 수만 따져도 지보다 몇백 그릇은 더 될 것이고, 가운뎃다리 가지고 왼손질 한 것만 혀도 지보단 더 했을 것이고, 처녀 불알을 만진 것만 혀도 지보단 더 만져 보았을 것인디, 어린 것이 어디서……."

통인 역시 방자의 볼멘소리에 전적으로 동감했다. 하지만 관아 생활이 어디 그런가. 사또라면 자신들의 생사 여탈권까지 쥐고 있는데.

"방자 너 말이여, 관아살이 지대로 할라믄 말투부터 쪼깐 보드라워져야 쓰겄다."

"그러는 이녁은 말뽄새가 보드라운 줄 아시오? 오는 말이 고와야 가는 말도 곱제."

"너보단 그려도 훨씬 보드랍제. 관아에서 먹은 밥그릇 수가 얼만디. 암튼 사또는 말이여 나라님 대신으로 남원 고을 백성을 다스리러 온 것이여. 그 말은 사또 아들도 같은 급인께 같은 내집을 혀야 한다 ㄱ 밀이니."

"그라믄 아들내미도 애비 따라 고을을 잘 다스릴 생각부터 해야제, 윽박지르기나 하믄 쓰간디. 퉤!"

"아랫것들을 높은 사람들헌티 고분고분하게 만드는 것이 잘 다스리는 것이란 말이여."

"아따, 두 번만 더 잘 다스리다간 고분고분이 말랑말랑이 되겄어. 내 알아묵었은께 그만허더라고잉."

"듣자 헌께 지렁이 토룡 꿈을 꾸고 난 아들이라 지렁이맨치로 여그저그 쏘삭거리는 버릇이 있어 쪼깐 부잡하디야. 그래도 사나운 성격은 아니디야. 지렁이가 순하잖이여. 그란께 한 살이라도 더 먹은 방자 니가 이해하고 잘 모시도록 혀."

"한 살이 아니라 두 살이나 더 묵었단게! 오뉴월 하룻볕이 어딘데, 두 살이나 더 먹은 형님한티……."

"아이고, 두야! 너 땜시 내 머리가 무쟈게 아프다잉. 난 도령님 분부 받들어 너한티 교육했은께 앞으로 이런 일로 나 오라가라 하는 일 없도록 혀라잉. 알어묵었냐?"

"넨장, 넨장! 알어묵었은께 인자 가보쇼잉. 뭐 이런 디가 다 있어!"

몽룡은 방자가 초면부터 뻣뻣하게 나왔지만 내심 싫지는 않았다. 자기보다 나이도 두 살이나 더 먹었으니 뭐든 기대고 부릴 만할 것 같았다. 한양 벗들은 죄다 난다 긴다 하는 집 자제들이긴 했지만 입에선 아직 젖비린내가 나는 듯하여 함께 도모할 만한 일이 많지 않았다. 그런데 저 방자 녀석은 뭔가 통할 것 같았다.

한양에서 듣자니 남원골엔 춘향이라는 계집이 인물 잘나고 문자깨나 꿰고 있어 어울릴 만하다고 했다. 그래서 아버지가 남원 부사가 되어 떠난다 하니 벗들이 침을 꼴딱 삼키며 부러워들 했다. 몽룡도 한양을 떠나는 건 싫었지만 춘향이는 만나 보고 싶었다. 아무래도 하늘이 돕는 것 같았다. 조선 팔도 많고 많은 고을 가운데 남원 고을이라니!

하루 이틀 지나며 보아하니 방자도 차츰 관아 생활을 익혀 나가는 것 같았다. 자신에게도 이젠 깎듯이 '되련님'이라 부르고 자신이 궁금해하는 바깥세상 일도 물으면 묻는 대로 잘 대답해 주었다. 그러나 몽룡은 아직 춘향이 얘기는 꺼내지 않았다. 어차피 남원 고을에서 자신보다 더 나은 자리에 있는 젊은 이는 없을 테니 분위기부터 먼저 익힌 뒤 방자 앞세워 한번 안면 트리라 마음먹은 것이다.

한양에서야 아버지의 벼슬자리가 그다지 앞에 있지 않았다. 그러나 이 고을에선 맨 앞자리이다. 아, 얼마나 다행인가. 그러기에 일단은 아버지 눈 밖에 나지 않도록 책방에서 착실히 지내기로 했다. 사실 아버지는 남원 부사로 부임하여 객사에 들자마자 자신을 불러 단단히 이르기까지 했다.

"이참에 아비가 멀리 전라도 남원 땅까지 외직으로 나온 건 몽룡이 너 때문이기도 하다. 한양에서 그대로 더 있다간 노는 일에만 정신 팔려 과거 공부는 뒷전이라 자칫 우리 이씨 가문의 영광이 끊길지도 모르겠다는 걱정이 든 게 사실이다. 아비가 외직에 있을 때 두문불출하고 한 삼 년 착실히 공부하여 등과하도록 하여라. 알겠느냐?"

"예. 잘 알았습니다, 아버님."

대답이야 그렇게 했지만 몽룡이 마음은 이미 관아 담을 넘어 춘향이한테 가 있었다. 아직 먼발치에서조차 얼굴도 본 일이 없는데 어인 까닭인지 몰랐다. 듣자 하니 춘향 어머니는 관아에서 물러난 퇴기로, 한양 자하골 살던 성 아무개 참판이 남원 고을 부사로 내려왔을 때 정을 받아 춘향을 낳았다 한다. 그렇다면 춘향이는 아무리 아비가 참판 벼슬을 하고 물러났다 해도 신분은 어미를 따라 역시 기생이렷다. 기생이라면 해볼 만했다. 몽룡이 누군가? 이 고을에선 최고 가는 사또의 아들 아닌가!

몽룡은 춘향이 벌써 자신의 품속에 들어온 것만 같았다. 마음 같아선 당장이라도 방자 앞세우고 춘향이를 만나러 가고 싶지만 아직은 때를 더 보아야 했다. 아버지의 심기도 살펴야 했고, 관속들의 눈과 입도 조심해야 했다. 쉬 이룰 수 있는 일을 서두르다 망치고 싶지는 않았다. 그래서 아직 방자한테 춘향이 건은 일언반구도 않고 딴청만 부렸다.

"얘, 방자야!"

"예. 말씀하십시오, 되련님."

방자 스스로도 제 입에서 되련님이라는 말이 절로 튀어나오는 게 신기했다. 처음과 달리 고두쇠라는 이름 대신 방자라는 직책으로 불리는 게 나쁘지 않아서일 것이다. 귀동냥한 걸로 미루어 보면 양반들은 입만 열면 공자 왈 맹자 왈 아닌가. 진서야 어찌 쓰는지 모르지만 그런 공자와 맹자하고 같은 항렬이면 나쁠 것도 없었다. 그래서 방자라 불리는 것에 스스로 자부심을 갖고 방자의 품격을 높이기로 마음먹은 터였다.

"남원 고을 처녀 총각들은 어디에서 많이 노느냐?"

방자는 픽 웃음이 나왔다. 이 어린 책방 도령이 몰라도 너무 모르는 것 같았다.

"어디서 놀다뇨? 촌구석 젊은이들이 놀 새가 어디 있다요? 날마다 일하기도 바쁜디."

"아니 그래도 일 년에 한두 번쯤 쉬는 날은 있을 것 아니냐?"

"쉬는 날은 비 오는 날인디, 그날은 따뜻한 아랫목에 드러누워 등짝이나 지지믄 되제 어딜 나가요 나가긴."

"그래도 초파일이나 단옷날 같은 때는 집에 안 있을 것 아니냐."

"초파일엔 만복사 같은 절에 가고, 단옷날엔 광한루에나 나가 바람 쐬며 보내긴 허지요."

"내 말이 그 말이다. 초파일이나 단오 같은 날 젊은이들은 어디서 노느냐 이 말이었어."

몽룡은 흡족했다. 초파일이나 단오날에 관아 밖으로 나가면 춘향이를 만날 수 있을 것이라는 예감이 들어서였다.

방자는 순간 번개 치듯 몽룡의 꿍꿍이속이 그려졌다. 고두쇠가 누군가. 주막집에서 잔뼈가 굵은 사람 아닌가. 눈치코치 발달할 대로 발달해 앉아서 천 리를 보고 서서는 구천 리를 보니, 합해서 만 리를 보는 사람 아닌가. 아비어미 없이 주막 하는 할머니 손에 자란 까닭에 척 보면 착이다. 이름 하여 눈치 9단에 코치 10단! 도합 눈치코치 19단인 자신의 감각에 시방 몽룡의 속이 다 들여다보인 것이다.

이제 겨우 코밑이 거뭇해지는 어린것이 공부는 뒷전이고 바깥으로 나돌 생각이나 하다니, 안 봐도 싹수가 노랬다. 저것이 시방 아는 이가 없으니 아직 쉽게 나가지 못하고 이리저리 잔머리만 굴리는 중이렷다. 밖으로 나가고 싶어 하는 이유는 물어볼 것도 없이 계집을 만나고 싶어서일 것이다. 발정 난 수캐는 암내 풍기는 암캐를 용케 알아보지 않던가. 이 어린 도령이 이제 막 발정이 나기 시작한 것이리라. 아마 불두덩에 막 거웃이 나려고 근질근질하는 모양이다. 그렇다고 불알이 아직 다 여물지도 않았을 것이다.

'송이버섯 같은 이 방자 형님 것 정도는 되야제, 아직 고추 달고 있는 어린것이 감히……'

몽룡은 이미 방자의 손바닥 위에 놓여 있었다.

몽룡에 대해 그런 생각을 하다 보니 방자의 눈앞에 춘향과 향단이의 모습이 떠올랐다. 춘향의 어머니 월매가 꾸리는 주

막집이 자신의 집과 멀지 않은 곳에 있어 춘향이와 향단이하
곤 어려서부터 소꿉동무로 지내 온 사이이다. 그런데 어느 순
간 두 계집이 갑자기 자기와 내외를 하기 시작했다. 춘향이는
남녀칠세부동석이라나 뭐라나 하는, 놀 때는 잘 쓰지 않던 진
서까지 써 가며 제법 유식한 티까지 냈다. 그렇다면 일곱 살 되
자마자 같이 안 놀았어야지, 열대여섯 살 되도록 실컷 같이 놀
아 놓고선 갑자기 낯선 사람 보듯 하는 까닭을 알 수 없었다.

춘향이가 성참판이라는 벼슬아치를 아비로 해서 태어난 아
이라는 건 남원 고을에서 모르는 이가 없다. 물론 춘향이 어미
월매가 관아 밥을 먹은 관기였다는 것도 모르지 않는다. 그런
데도 춘향은 자기 어미처럼 기생 노릇을 하지 않고 양반 행세
를 한다. 게다가 향단이라는 몸종까지 거느리고 말이다. 비록
주막을 하고 있지만 양반의 씨를 이은 까닭에 몸종도 부릴 만
큼 재산이 안으로 많이 있는 성싶었다. 부모가 자기 팔자의 반
이라는데 자신과 향단이는 춘향이와 달리 부모가 누군지도 모
른다.

몸종인 향단이가 춘향이보다 나이가 많아 방자 자신과 동갑
이다. 그래서 그랬는지 내외는 향단이가 먼저 했다. 곁눈질에
정 붙는다고, 방자는 늘 향단이를 의식했다. 향단이도 마찬가
지였다.

그러던 어느 날, 향단이 가슴이 봉긋 솟는가 싶더니 방자에
게 괜히 짜증을 부려 댔다. 저만 ㄱ러면 ㄱ만일 터인데, 기껏

잘 놀다가 순간 토라져서 가만있는 춘향이를 재촉하여 서둘러 집으로 가 버리기도 했다. 그러다 이태쯤 지나자 그때부터는 춘향이마저 내외를 하기 시작한 것이다. 그전에는 광한루 옆 냇가에서 밤에 두 계집이 멱을 감을 때 방자가 망을 보아 주기도 했다. 그런데 이젠 그럴 일은 없다.

두 계집이 멱 감던 일을 떠올리니 갑자기 아랫도리가 묵직해졌다.

"향단아, 너 이젠 여자가 되어 버린 거여?"

춘향이가 향단이 젖가슴을 만지면서 하는 소리이다.

"아이참, 아가씨도. 처음부터 여자였지 새삼 왜 그러시유?"

그때 방자는 안 보는 척하면서 어둠 속 두 사람을 훔쳐보았다. 이럴 땐 그믐밤이 아니고 보름밤이면 얼마나 좋을까? 그래도 머릿속으로는 향단이의 복숭아 같은 가슴이 그려졌다. 그런 날엔 춘향이가 잠들면 향단이가 슬며시 자기 집으로 찾아오기도 했다. 술청에 이미 손님은 없고 둘만 있어 참 좋았다. 할머니는 가는귀가 먹은 데다 일찍 자리에 누워 코까지 골며 자는 터라 술청에서 둘이 꼭 붙어 있어도 잘 몰랐다. 향단이와는 그런 사이였다.

곧이어 춘향이도 향단이처럼 가슴이 솟아올랐다. 아무리 속치마 말기로 눌러 묶어도 밖으로 비어져 나온 가슴살은 어쩌지 못했다. 그러나 방자는 어느 때부턴가 춘향이 가슴께는 감히 바라볼 수도 없었다. 춘향이 가슴을 바라보는 순간 눈이 멀어 버리는 것 같아서였다.

춘향이까지 여자가 되어 버린 뒤로는 둘이 냇가에서 멱을 감는 일이 아예 없어져 버렸다. 방자는 못내 아쉬웠다. 이제야 뭔가 손에 잡힐 듯 말 듯했는데.

향단이의 출생 유래는 아무도 모른다. 관아에서 물러난 퇴기 집에서 몸종 노릇하는 아이의 신분이니 그저 그렇고 그럴 뿐이라고 짐작만 할 뿐이다. 그러고 보면 자신의 출생도 보잘 것없기는 마찬가지이다. 할머니가 한 번도 말해 주진 않았지만, 눈치를 보면 아버지가 누군지 정도는 알고 있는 것 같기도 했다. 그렇다면 춘향이처럼 아버지가 양반이었을까? 기생은 아무하고나 잠자리를 하지 않잖아. 그래봐야 뭐 하나. 지금 자신은 주막집 손자로 아무런 기대 없이 하루하루 살아가고 있지 않은가? 그러고 보면 춘향이는 복 받은 계집이다. 신분도 확실히 알 수 있고 얼굴도 반반한 데다 문자 속까지 갖추었으니, 저만한 복을 타고나기도 쉽지 않으리라.

아쉽고 아쉬울 뿐이다. 이젠 감히 다가가기도 쉽지 않은데, 그전에 춘향이하고 사건을 만들어 볼걸. 향단이하곤 밤이면 만나 비밀스런 작업을 꽤나 여러 번 진행했지만 춘향이하곤 아무런 작업을 해 보지 못했다. 여남은 살 때 소꿉놀이하다가 입술을 슬쩍 겹쳐 본 적은 있지만 그때는 아무런 느낌도 없어 그대로 끝이었다. 그 뒤로 손이나 잡아 보았을까? 기억도 없다. 계집애가 워체 도도한 데다 쌀쌀맞아서 철들고 나자 내외가 보통 심한 게 아니었다.

그런데 이제 몽룡인지 몽롱인지 하는 사또 아들내미가 자꾸만 걸린다. 아무래도 그 녀석, 발정이 단단히 난 성싶다. 머지않아 바깥바람을 쐬자고 성화일 텐데 어찌해야 하나. 두 계집에겐 미리 알려 몽룡이 나갈 때는 집 밖 출입을 삼가라고 할까? 그런다고 고것들이 내 말을 듣기나 할까? 다른 때는 꿈쩍도 않고 집에 붙어 있지만 초파일엔 탑돌이 하러 만복사 같은 절에 가고, 단옷날엔 그네 뛰러 광한루에 나가지 않는가.

'몽룡이한티 괜히 만복사와 광한루 얘길 했나 보다. 말눈치를 빨리 알아채고 말머리를 잽싸게 다른 데로 돌렸어야 하는디⋯⋯. 에라, 모르겠다. 기왕 이러코롬 되아 부렀은께 될 대로 되라지.'

2장
야외 수업 좋을시고

방자의 예측대로 몽룡은 바깥바람을 쐬자고 자꾸만 졸라 댔
것다.

"방자야, 날씨가 너무 좋아 환장하겠구나. 이런 날엔 바람
쐬러 밖으로 나가야 되지 않겠느냐?"

"뭔 소리라요? 내 사는 이날 여태껏 날씨 때문에 환장한 사
람 보덜 못했소. 뺑도 어지간히 치슈. 그라고 관아 안에도 바람
이 분께 여그서 그냥 바람 쐬믄 되았제, 꼭 바깥까지 나가서 바
람을 쐬야겄소?"

방자는 짐짓 헛기침까지 해 가며 몽룡을 을러댔지만 몽룡도
물러서지 않는구나.

"바람이라고 다 같은 바람이 아니어서 그런다."

"바람이 다 거그서 거그제, 안 바람 바깥바람 뭐가 다르다고 그러슈?"

"관아 안에선 뺏뺏한 사람 콧바람밖에 쐴 게 더 없지 않느냐. 나 같은 청춘은 나가서 보들보들하고 야들야들한 인간들 분 바람도 좀 쐬어야 숨이 쉬어지거든."

"이 몸도 그 나이 다 겪어 봐서 아는디, 분 바람 쐬어 봐야 가심이 벌렁거려 숨쉬기만 더 힘들게 되우."

방자가 나이깨나 먹은 티를 내 보지만 몽룡은 막무가내렸다.

"그래도 괜찮아! 숨이 탁 막힌들 어떠랴!"

기가 막히는 일이었다. 책방 도령 몽룡이 시방 똥구녁에 단단히 바람이 든 것이다. 이걸 어쩌나……. 방자는 눈을 반쯤 감고 코를 벌름거리는 몽룡을 세차게 불렀다.

"되련님!"

"어이쿠! 귀청 떨어지겠다. 나 귀 안 먹었으니까 살살 좀 불러라!"

"시방 살살 부르게 생겼소? 되련님이 넋이 다 나가 있는디."

"내가 뭔 넋이 나가 있다고 그러느냐?"

"내가 모를 줄 알고 그러시우? 이래 뵈도 내가 눈치 구 단, 코치 씹 단, 해서 눈치코치 씹구 단이오!"

"뭐라고? 씹 뭣이라고?"

"눈치코치 씹구 단이란게 그러네. 안됐구만. 아직 펄펄한 이 팔 씹육 세에 벌써 귀까지 멀었는구만."

"또 썹이냐? 나, 귀 안 멀었다니까! 입은 걸어 가지고!"

"내가 입을 어따 걸었다고 그러시우? 되련님이야말로 썹이라는 말만 나오믄 그냥 좋아서 입이 벌쭉허니 헤벌어져 갖고 귀에 가서 걸리는구만요."

"내 말은 그런 말이 아니고, 네가 하는 말이 상스럽다는 뜻이다! 암튼, 그런 상말을 마구 쓰면 되겠느냐?"

"히, 책방 되령께서 듣기에 쪼깐 거시기한가유? 그럼 되련님은 점잖게 들어앉아 책이나 읽으시유. 괜시리 나까지 엉덩짝 들썩거리게 하지 말고. 나는 모르겄슈. 인자 들어가서 심부름혀야 되우."

방자가 몽룡을 놔두고 돌아서려 하자, 몽룡이 다급히 불렀것다.

"방자야! 너무 매몰차게 그러지 말고 나랑 밖에 좀 나가자, 응?"

"허, 참! 넘들은 관아에서 못 살아 난리인데, 되련님은 왜 자꾸만 밖으로 나가자고 해 싸시오?"

"아까도 얘기했구먼. 우리랑 다르게 생긴 인간들 분 바람 좀 쐬자니까!"

"인자 아주 대놓고 노골적이시구만유. 계집들 분 바람 쐬러 나가자고라? 그럴라믄 먼저 사또 영감한티 허락부터 맡으시오."

"그 영감이 잘도 허락해 주겄나. 허락 맡아 나살 서면 내가 왜 너한테 이렇게 매달리겠느냐? 눈치코치 몇 단이라며? 네가 알아서 나 좀 제발 살려 다오."

"히, 그런 일이 뭐 별거라고 살려 달라고까지 그러우?"

"아, 말귀 못 알아듣는 방자 때문에 내 청춘 다 조지게 생겼구나!"

몽룡은 짐짓 자기 가슴을 치며 답답한 속내를 내비쳤으나 방자가 누군가? 방자는 콧방귀도 안 뀌며 여전히 딴전만 부릴 뿐이렸다.

"내가 말귀 못 알아묵는 게 뭐 있다고 나 때문에 청춘을 다 조진다고 그러우? 나로 말할 것 같으믄 나라님으로부터, 아니 사또 영감으로부터, 아니 이방 나리로부터 책방 방자로 임명을 받은 사람이오. 뭣 땜시 나를 책방 방자로 임명했겠소? 바로 되련님을 잘 받들어 되련님이 공부하는 데 걸림돌이 없게 해 드리라고 그런 것이오. 말하자믄 되련님 공부 잘 시키는 게 내 임무요, 임무! 청춘 조지지 않을라믄 분 바람 쐬자 하지 말고 공부를 해야 하는 것 아니오?"

"네 말 듣고 보니 그른 데 하나 없이 구구절절 공자님 말씀이다만, 그래도 이 좋은 날에 내 청춘이 아깝지 않느냐?"

"허, 참! 되련님이야말로 되게 말귀 못 알아묵는구만요. 아까운 청춘을 계집들 궁둥이 따라다니며 분 냄새나 맡아서야 되겠소? 자나 깨나 죽으나 사나 공자 왈 맹자 왈 따라 해야지 라잉."

"공자 왈 맹자 왈이 그렇게 좋으면 너나 따라 하렴. 나는 방자 왈이 더 좋으니까 너를 따르련다!"

"힝? 시방 뭔 소리다요? 방자 왈이 더 좋다고라? 나를 따른다고라? 허 참, 마루 밑 강아지가 웃을 일 생겼구만!"

"강아지가 웃든 말든 네가 하라는 대로 할 테니 나 좀 살려 다오!"

방자는 어안이 벙벙하였다. 몽룡이 발정이 나긴 단단히 난 모양이었다. 그러고 보니 자신의 이태 전 모습이 떠올랐다. 아직 춘향이는 어리고 향단이는 막 물이 오르는 참이었다. 그런 향단이를 보면 견딜 수가 없었다. 밤마다 술청에서 만나 있는 소리 없는 소리 해 가며 밤을 꼴딱 새워도 이튿날이면 또 보고 싶었다. 무엇보다도 향단이 몸에서 나던 분 냄새며 살냄새가 좋았던 것이다. 시방 몽룡이 그런 것을 그리워하고 있으니…… . 다 이해하고 사정을 짐작할 만했다. 그래서 몽룡에게 다짐을 두어 본다.

"에헴, 정 그렇다믄 할 수 없소. 내가 하라는 디로 할 티요?"

몽룡이 방자 손을 감싸 쥐는데, 보기에 참으로 애처롭구나.

"할 수 있는 거면 뭐든 할 것이다."

"뎬장 맞을, 낫살깨나 먹은 이 몸이 아직 세상 물정 모르는 어린 되련님한티 감히 할 수 없는 걸 시키겄소?"

"그게 뭐냐?"

"그리 이려운 긴 아니오."

"그러니까 그게 뭐냐고?"

"되련님이 분명 이녁 입으로 씹육 세라고 했지유?"

"그야 내 나이가 그러니까."

"나는 분명 씹팔 세란 말이우. 그란께, 거시기, 거 뭐냐 하
든……."

방자가 뜸을 들이자 몽룡의 목구멍으로 침이 꼴딱 넘어가는
구나.

"그러니까 뭐?"

"음, 나보고 형님이라 하시유."

"뭐라구? 양반인 내가 상놈인 너한테 형님이라 하라고?"

"왜, 싫소? 싫으믄 고만두시오. 금방까지 방자 왈을 따른다
더니 말이 달라지네유. 아무리 어린 나이라지만 으째 한 입으
로 두말을 한대유. 앞으로 되련님하고 속 터놓고 상종하긴 쪼
깐 어렵겄소. 인자 나는 가 볼라요. 공자 왈 맹자 왈이나 열심
히 따라 하시오."

말을 마친 방자는 자신의 손을 싸듯이 잡고 있는 몽룡의 손
을 뿌리치며 성큼성큼 안으로 들어갔것다. 이 판국에 몽룡이
방자를 급히 불러 세우지 않을 수 있으랴.

"애, 방자야! 내 말을 끝까지 들어 보고 가야지."

"맘이 변했소?"

"내가 형님이라고 부르면 내 소원 들어줄 테냐?"

"이 몸은 되련님처럼 한 입으로 두말하는 종자가 아니오. 내

가 한 말 또 하고 한 말 또 함시롱 강아지맨치로 왈왈거려야 쓰 겠소? 강아지 왈왈은 안 헐 것인께 걱정 꽉 붙들어 매쇼. 만약 에 내가 한 입으로 두말하면 두 아버지 자식이오, 내가!"

"그래. 그렇다면, 방자 형님……."

"쪼깐 세게 하시오. 배곯은 모기도 그보다는 더 크게 울겄 소. 들릴락 말락 하게 하믄 아무 소용없소. 바로 무효요, 무 효!"

"그래도 남들 귀가 있는데……."

"얼레? 싫은 모양이네. 싫으믄 관두시오, 에헴."

"에잇, 모르겠다. 방자 형~ 님~!"

"아따, 기왕 부르려거든 제대로 부르시우! 형님 소리가 마 포 바지 방귀 새듯 흩어져 힘알탱이라곤 하나도 없구만유."

몽룡이 가슴을 탁탁 치며 난감해한다.

"어이쿠, 가슴이야! 꼭 해야 돼?"

"싫으믄 관두시라니까요!"

"약속 꼭 지켜야 돼!"

"이 몸은 약속 지키는 걸 생활신조로 삼고 평생 살아온 사람 이오."

"그렇다면 에잇, 모르겠다. 방자 형님!"

드디어 몽룡의 입에서 형님이라는 소리가 크게 나왔다. 방 자는 그제야 고개를 끄덕였다.

"됐소. 왜 그러시우, 시우님? 헤헤, 되련님도 형님이 생겨

좋지 않소?"

"강아지 왈왈거리듯 실없는 소리 작작 하고, 이제 약속이나 지켜!"

"약속이야 지키지요. 그런데 분 냄새 맡을라믄 단옷날에 나가야 하우."

"그럼 오늘은 못 나간단 말이냐?"

"오늘 나가 봐야 동네 똥개들 싸질러 놓은 개똥 냄새밖에 맡을 게 없소."

몽룡의 낯에 실망한 기색이 역력하구나. 방자가 가래 터 종놈처럼 거칠고 예의 없이 굴어 형님이라고까지 했건만, 막상 형님 소리를 듣고 나더니 딴소리를 하는 것 같아 언짢았다.

"그렇게 낙태한 고양이 삶아 먹은 시어미 꼬라지 내보일 것 없소. 초파일은 벌써 지났고 내일이 바로 단옷날이오. 그란께 오늘 하루는 착실히 책방에서 보내시우. 그래야 사또 영감도 좋아라 할 것 아니우."

몽룡이 안도의 한숨을 내쉬는데, 얼굴빛이 바로 달라지는구나.

"알았어. 알았으니까 내일은 꼭 데리고 나가야 돼!"

몽룡은 책방으로 들어가 이 책 저 책을 뒤적거렸다. 딱히 보고 싶은 책이 잡히지 않았다. 오로지 뜨거워진 불두덩을 식히고 싶은 마음뿐이었다.

"천자문 만자문 다 뒤져도 봄 춘 자 바람 풍 자보다 더 좋은

말 없으니 공자 왈 바람 가운데엔 봄바람이 최고요, 사서삼경
다 뒤져도 계집 녀 자보다 더 좋은 말 없으니 맹자 왈 사람 가
운데엔 계집이 최고니라. 남원 관아 다 뒤져도 봄바람 불락 말
락 하고 계집 인간 눈에 안 띄니 어떡하랴. 어서어서 봄바람아
불어라 계집아 내게 와라, 춘향이부터 오너라. 공자 왈 봄 춘
바람 풍, 맹자 왈 계집 녀, 방자 왈 봄 춘 향기 향이라. 성현들
가라사대 향기 가운데엔 봄바람에 묻어나는 계집들 분 냄새가
최고라 했으니, 엥?"

　몽룡은 자신이 부지불식간에 읊고 있는 말에 스스로 놀라
실없이 웃고 말았다. 게다가 방자 왈이라니? 생각해 보니 방자
라는 놈이 참으로 흉악한 놈이 아닐 수 없었것다. 상놈인 주제
에 감히 사또 아들인 자신보고 형님이라 하라니. 그런데도 뭣
에 씌었는지 방자가 하라는 대로 하고 말았으니 자기 마음도
알 수 없었다. 이미 엎질러진 물이로다.

　애초에 나이를 올려 말하는 것인데 곧이곧대로 말해 버린
게 잘못이라면 잘못이리. 그러나 이내 곧 고개를 저었다. 어차
피 사또 아들인 자신의 나이를 관아 사람들이 모를 리 없잖은
가. 거짓 나이를 말했다가 나중에 방자한테 꼬투리를 잡혀 더
한 봉변을 당하면 어찌할 것인가. 그렇다면 기왕에 방자를 형
님이라고까지 불러 주었으니, 잘 구슬려서 남원 고을 계집들
분 냄새나 실컷 맡아 보아야 하리라.

　한양 살 때와 달리 이곳 남원에선 바깥출입이 쉽지 않다. 한

양에서야 아버지가 나라님 사시는 궁궐에 들어가자마자 집 밖
으로 나갔다 피길히기 긴에 들이오면 그만이었는데 여기서는
관아에 갇혀 사는 꼴이니, 드나드는 게 죄다 사또인 아버지한
테 알려지기 십상이었다.

'내일이 단옷날이렷다. 방자 왈 단옷날에 젊은이들이 광한
루 같은 데에 나와 논다고 했겠다. 그렇다면 춘향이도 단옷날
은 광한루에 나올 것 아닌가. 음, 내일은 일단 광한루에 가자고
해야겠다.'

그러나 남원 관아에서 산 뒤로 처음 하는 바깥 출입인지라
부모님 허락을 어떻게 받아야 할지 그게 고민이었다.

'단오 명절을 맞이하야 광한루 구경하면서 시도 몇 수 짓고
호연지기도 기른다고 말씀드려야지. 그러려면 오늘이라도 공
부하는 흉내를 좀 내야 하는데…….'

몽룡은 내일만 생각하면 몸이 달아올라 견딜 수가 없었다.
바야흐로 춘향이라는 계집이 품 안에 든 것처럼 느껴질 정도
였다.

"봄 춘 향기 향, 봄에는 꽃이 피고 꽃은 향기를 품으니 그 향
기는 벌 나비를 부른다. 하늘 천 따 지 검을 현 누를 황! 검을
현! 누를 황! 하늘과 땅 사이에 꽃이 피고 벌 나비 춤추는 봄
이라, 방자 왈, 방자께서 가라사대, 단옷날은 광한루에 젊은 계
집들이 나와 노는 날이라 분 냄새 배인 분 바람이 천지간에 지
천으로, 엥? 내가 무슨 말을 하고 있는 거야? 하늘은 검고 땅

은 누런데 그 사이의 인간들은 죄다 젊은 계집들이로다, 엥? 엥? 엥?"

몽룡은 도무지 갈피가 잡히지 않는 자신의 마음을 어쩌지 못했다. 책을 보고 있어도 검은 것은 글씨요, 흰 것은 종이일 뿐이었으니.

그때 사또는 동헌에서 이런저런 서류를 뒤적이며 있었것다. 듣자 하니 책방에서 아들놈이 책을 읽는 건지 장타령을 하는 건지 파리를 쫓는 건지 이상한 소리가 들려오는 것이었다. 그러니 그냥 넘어갈 수 없는 일이로다.

"책방에서 나는 저게 지금 무슨 소리인고? 다 큰 놈이 문틈에 불알 자루가 낀 것이냐, 배아지를 깔고 옹알이를 하는 것이냐, 그도 저도 아니면 파리를 잡는 것이냐? 여봐라, 게 아무도 없느냐?"

통인이 쪼르르 달려가니 사또 왈, 책방에 가서 무슨 일인지 알아보고 오라 일렀것다. 통인이 책방으로 쪼르르 달려가 보니 몽룡이 책을 펴 놓고 뭐라고 구시렁구시렁거리는데, 다 책 읽는 소리로 들릴 뿐이렸다. 다시 사또에게 내달려 되련님이 착실히 책을 읽고 있다 아뢰었더니 사또 왈, 가서 목낭청을 들라 이르는 것이었다. 낭청은 사또 밑에서 이런저런 수발을 들며 사또의 말벗이나 하는 구실아치인데 성이 목가였다. 목낭청이 채신머리없이 고개를 끄덕거리며 동헌에 드니 사또가 길게 목을 가다듬은 뒤 말씀을 시작하였것다.

"자네 왔는가?"

"사또께서 부르셨으니 왔지요."

"소리 들었는가?"

"무슨 소리가 저잣거리에 도는갑쥬?"

"그런 소리 말고, 책방에서 우리 아이가 책 읽는 소리 말일세."

"그야 책방에선 당연히 책 읽는 소리가 날 테지요."

"그냥 나는 소리가 아니라서 그러네."

"그럼 장타령 소리라도 들으셨는갑쇼?"

"허허, 우리 아이가 사서삼경 읽는 소리일세. 한양에선 도대체 책이라곤 읽지 않던 아이였는데 남원에 오고 보니 싹 달라졌네. 원래 재주 있다는 말을 많이 듣던 아이였지."

"원래 제주엔 말이 많지요."

"허, 참! 그 말이 아니라 내 말은 아이가 지금 책을 읽는다는 거네, 책을!"

"마땅히 읽어얍죠. 정승도 하고 판서도 하려면 읽어얍죠."

"정승 판서야 감히 바라겠는가만 내 죽기 전에 과거 급제는 해야지."

"급체만 않으면 급제야 못할 것 없고, 정승은 못해도 장승은 하겠지요."

"뭣이라고? 자네 지금 무슨 말을 그렇게 하고 있는가?"

"글쎄, 저도 오락가락해서……. 계란인지 달걀인지 잘 구별이 안 되는구만요."

"예끼, 이 사람! 아직 노망 들 나이도 아니구만 쉰내 나는 소리만 하고 있네. 그만 물러가게나."

"예, 예. 물러가라면 쇤네는 쇤내 그만 풍기고 물 건너갑지요."

'이래도 응, 저래도 응' 하는 말밖에 할 줄 모르는 목낭청이 체머리를 흔들며 뒷걸음질로 물러나자 사또는 퇴청할 준비를 했다.

몽룡은 저녁 내내 끙끙대다가 설핏 잠이 들었으나, 여느 때와 달리 새벽 일찌감치 일어나 방자를 찾았다. 방자가 하품을 길게 하며 투덜댔다.

"아이참, 새벽 댓바람부터 웬 소란이유?"

"너는 참 속도 편하다. 잠이 오냐, 지금?"

"지금 잠을 안 자믄 언제 자는디유?"

"오늘이 단옷날이렷다."

"단옷날은 잠도 안 잔단 말이유?"

"어서 약속대로 바깥바람 쐬러 가야지."

"이따 해가 중천에 떠야지 벌써부터 나가서 뭐 하시게요? 지금 나가믄 동네 똥개들밖에 없단께유."

"언제 해 뜨기를 기다린단 말이냐? 어서 가자."

"아따, 되련님 성질 한번 되게 급하시네유. 그 성질에 어째 씹유 세밖에 못 머었대유. 급한 대로 한 세섬 살쯤 먹어 비려야지."

"고놈 참 말 많다. 아무리 급해도 삼십 살은 싫다. 어서 나갈 준비나 하자."

"아니, 벌써 약속 잊어묵었소? 형님한티 고놈이라니요?"

"아이쿠, 방자 형님! 제가 실언을 했습니다. 약속 지키시지요."

방자, 짐짓 거드름을 피우며 고개를 젓는데 제법 무게가 잡히는구나.

"먼저 동헌에 들어가 사또 영감한티 허락을 맡으시오."

"뭐라 해야 허락이 떨어진단 말이냐?"

"그야 되련님 사정이지유, 지가 뭐라고 해 줄 말이 없네유. 아침부터 오입 나간다 할 수도 없고……."

"고놈의 입, 참 방정맞구나! 밤이면 오입 나간다 해도 된다던? 그런 말 당최 입 밖에 꺼내지도 마라!"

"암튼 허락 맡아 오시오. 허락만 맡아 오믄 바로 나귀 대령하겠소."

사실 몽룡은 난감했다. 단옷날이라 해서 특별히 바깥나들이를 해야 할 명목이 없었던 것이다. 더욱이 아버지는 자나 깨나 그놈의 과거 얘기뿐이었다. 지방에 있을 때 착실히 공부해서 소년 급제를 해야 한다는 거였다. 몽룡은 일단 어머니에게 얘기해 보기로 했다. 어머니라면 하루쯤 융통성을 발휘해 줄 것 같았다.

그리하여 몽룡은 세수를 하고 옷을 갖춰 입은 뒤 어머니한 테 갔것다.

"네가 이 아침에 웬일이냐?"

"의논 드릴 일이 있습니다."

"중요한 일이면 아버지랑 같이 의논하지."

"어머니만 살짝 아시면 됩니다."

"무슨 일로 그러느냐?"

"오늘이 단옷날입니다. 그래서 광한루에 좀 나가 보려고요."

"단옷날이면 사또 아들이 광한루 나가야 된다는 풍습이라도 있다더냐? 게다가 오늘 같은 날은 광한루가 번잡할 터인데, 뭐 하러 나가려고?"

"예부터 천하의 문장가들은 산천경개 좋은 곳 찾아가기를 즐겼답니다. 마침 남원 고을에 왔으니 광한루 풍광도 구경하 며 시흥을 돋우어 보고 싶습니다. 단오 명절을 맞아 야외 수업 을 해 보는 게 나쁘지 않을 듯합니다."

"글쎄, 아버지가 아시면 어떠실지 모르겠다. 아버지는 한시 도 쉬지 말고 과거 공부 하라고 성화이신 데다 사또 아들이 저 잣거리를 함부로 돌아다니는 게 볼썽사나울 수도 있으니까."

"그러니까 아버지한텐 아무 말씀 마시기 바랍니다. 책방 방 자랑 살짝 나갔다 오겠습니다. 오늘 잠깐 쉬려고 어제 늦게까 지 책 읽었습니다."

"네가 정 그렇다면 광한루 구경이야 할 수 있지만, 잣바다

씨름판이나 소싸움판 가운데는 물론 한량들 노는 활터 같은 데도 당최 기웃거리지 말고 경치만 구경하고 시나 몇 수 건지고 돌아오도록 해라."

"고맙습니다, 어머니. 예부터 문장가들은 천하의 명승지를 찾아다녔답니다. 저도 장차 문장가가 되려면 당장 사는 곳부터 돌아봐야 할 성싶습니다. 잘 다녀오겠습니다."

몽룡은 너무나 좋아 자신의 처지도 잊어먹고 까불거리며 두 가랑이 사이에서 비파 소리가 날 정도로 재빨리 책방으로 돌아왔것다.

방자가 기다리고 있다가 놀리듯 한마디 할 수밖에.

"사또 자제분께서 그렇게 체통 없이 나대믄 안 됩니다유."

"안 될 것 뭐 있냐? 드디어 바깥나들이를 할 수 있게 되었는데!"

"안에서 허락하셨나유?"

"그럼! 야외 수업 한다고 했더니 아주 좋은 생각이라 하시더라!"

"누가요? 사또 영감께서요?"

"아니, 어머니가."

"사또 영감 아시믄 경치겠네유."

"경을 치더라도 그건 어머니 몫이고, 나는 일단 어머니한테 허락 맡았으니 됐잖아!"

이제 방자가 바빠질 차례렷다. 방자는 서둘러 나귀를 대령

44

하고 다른 통인에게 술상까지 챙겨 달라 했으니, 그 거동이 볼 만하구나.

나귀에 올라탄 몽룡을 볼작시면 세수 깨끗이 한 얼굴은 신수가 훤한데, 여러 색깔로 쫙 물들인 부채로 햇빛 살짝 가렸으나 귀한 집 자제 그대로 표 나고, 모시 도포에 긴 머리 넓게 땋아 댕기 달아 숫총각 표시까지 다 드러냈것다. 나귀 고삐 쥔 방자는 한껏 거드름 피우며 관아문을 나와 광한루로 길을 잡는데, 길가의 계집들은 안 보는 척 몽룡의 행차를 슬쩍슬쩍 곁눈질하는구나.

나귀를 바삐 몰아 광한루에 이르고 보니 단청 알맞게 먹은 건물이 반기는구나. 나귀에서 내려 오작교 건너고 맑은 시내 흐르는 곁에 자리 깔고 앉으니 무릉도원도 이보다 더하진 않으렷다.

"방자야, 술 꾸러미 끌러 보아라. 흘리지 않고 잘 간수해 왔느냐?"

"걱정 꽉 붙들어 매시오. 다른 건 몰라도 이 몸이 주막집 손자 아니오. 아까운 술을 왜 흘리겠소."

"좋다, 좋다! 야외 수업 좋을시고! 이런 날 안 마시면 언제 마시겠느냐!"

몽룡이 방자더러 술을 재촉하는데 방자는 딴전이다.

"어차피 우리 둘 다 장가도 안 간 댕기머리인 디다, 내가 형님 하기로 혔은께 낫살 순으로 마셔야 허지 않겠소?"

몽룡은 방자가 자기 주제도 모르고 걸핏하면 나이를 들먹이는 게 적잖이 비위가 상했다. 그러나 내색을 할 수가 없었다. 앞으로 자신의 청춘 사업 진행에는 방자가 절대적으로 필요한 동업자 또는 안내자가 되어야 할 것 아닌가. 그래서 짐짓 심화를 누르며 너그럽게 말했으니.

"그야 무슨 상관이냐. 너 먼저 마시고 나도 한 잔 주렴."

방자가 호리병에서 술을 따르다 말고 다시 딴죽을 건다.

"기왕이믄 한 잔 따라 보슈. 술은 장모가 따르더라도 여자가 따라 주는 게 맛있다는디 이 자리엔 여자가 없은께 고것까정 바랄 수는 없고, 이런 참에 그냥 되령 술이라도 한 잔 받아야겠소."

몽룡은 아무 말 않고 방자가 쥔 술잔에 술을 반쯤 따라 주었다. 그 잔을 받아 목구멍에 털어 넣듯 한 방자가 잔에 술을 가득 부어 몽룡에게 건네는데, 술 치는 품이 제법 이골이 난 꼴이로다.

"술은 잔에 가득혀야 지맛이고, 계집은 품 안에 꼭 품어야 지맛입니다요. 다음부턴 술잔을 채우기 바라유. 이번엔 처음인께 그냥 넘어갑니다만."

방자는 주막집 손자답게 술 마시는 법에 대해 제법 알은체를 했것다. 몽룡은 처음과 달리 기분이 그다지 나쁘지는 않았다. 방자와 점점 가까워지는 느낌이 들었다. 하인을 잘 두어야 양반 노릇을 제대로 할 수 있다는 말이 무슨 뜻인지 이제 알 만

했다.

　야외 수업, 이만하면 최고였다. 주법도 배우고 방자와 친해지기도 하니, 이 어찌 최고라 하지 않을소냐! 이제 저쪽 그네 뛰는 마당에서 춘향이라는 계집만 찾아내 이 자리로 데려오면 그만이다. 참으로 술맛 날 일만 남은 것이렸다.

3장
새끼 사또가 춘향이를 데려오라 하니

나귀 옆구리에 차고 온 술병이 거의 바닥이 날 때까지 십육
세 몽룡과 십팔 세 방자는 주거니 받거니 권커니 잣거니 하며
주흥에 빠졌것다.

"얘, 방자야! 방자야!"

"참 말버릇 한번 고약하구만. 앞에 사람 놔두고 꼭 방자야!
방자야! 부름시롱 말을 해야 쓰겄소?"

"알았다, 알았어. 이제 본격적인 일을 해 보아야 하지 않겠
느냐?"

"본격적인 일이 뭔데유? 바깥바람 쐬었으니 된 것 아니우?"

방자가 짐짓 능청을 부리자 몽룡이 술기운에 속내를 털어놓
는구나.

48

"분 바람도 좀 쐬어야지!"

"그럴라믄 저쪽 그네 뛰는 디로 가야제."

"사또 자제 체면에 그쪽으로 갈 수는 없고, 네가 좀 얼른 다녀오너라."

"그냥 뛰어갔다 오기만 하믄 되우?"

"아따, 고놈 성질 한번 되게 급하네. 내 말을 끝까지 들어 봐야지."

"어디 해 보슈. 뭔 말을 얼마나 길게 할라고 그러시유?"

몽룡이 부채로 한쪽 끝을 가리켰다.

"저기 보이느냐?"

방자가 고개를 슬쩍 뒤로 젖히는 시늉을 했것다.

"뭐 말이유? 바늘구멍으로 하늘 보았는구만. 나는 뵈는 게 아무것도 없구만."

"저기 희끗희끗한 것 말이다."

방자가 손을 이마에 대어 해 가리개를 만들고 고개를 쭉 내밀었것다.

"어디? 어디? 아, 저것 버드나무 위에 흰 구름이 떴구만유."

"그것 말고 하늘로 날아올랐다가 땅으로 다시 내려오는 것 말이다."

"시방 나랑 하늘로 천 땅으로 지 하믄서 천자문 공부하자는 것이유? 진짜로 야외 수업 하는 것이유 뭐유?"

"히히, 이래서 상놈들은 별수 없이. 도통 말귀를 알아먹지

못하니, 쯧쯧. 저기 나무에 두 줄로 매달린 것 좀 보란 말이
다."

"그거야 그네 아닌갑쇼?"

"누가 그네인 줄 몰라서 그러느냐? 그네를 타고 있는 옷 말
이야."

"설마 옷이 그네를 타겠소. 계집이 타겼제."

"그래, 그 옷 주인이 누구냔 말이다. 혹시 선녀들 아닐까?"

"선녀는 무슨 얼어 죽을 선녀냐. 선녀도 지 사는 디서 바쁠
턴디 한가하게 광한루에 와서 그네나 뛰고 있겠슈?"

"선녀가 아니고서야 저렇게 자태가 고울 수 있겠느냐?"

그제야 방자가 엉덩이를 털며 일어나더니 발뒤꿈치를 들어
까치발을 하고서 멀리 바라보았것다. 걱정했던 대로 춘향이가
향단이와 함께 그네를 뛰고 있었다. 호랑이도 제 말 하면 온다
더니, 이도령이 춘향이 노래를 불러 싸자 기어이 춘향이가 나
타나고 말았으니.

'저것들이 아주 날 잡아잡수쇼 하고 나대는구만, 시방.'

방자는 내심으로 춘향이하고 향단이만큼은 몽룡에게 드러
나지 않았으면 했다. 그런데 야외 수업 초장부터 걸려든 게 하
필 두 계집이었다.

방자가 그네 뛰는 쪽을 한참 바라보고 있자니 몽룡이 다시
성화였다.

"이제 보이느냐?"

"아까도 보았수다."

"근데 왜?"

"뭐가유?"

"시치미를 딱 뗐느냐고!"

"지가 언제유?"

"허 참, 지금까지 그랬잖느냐?"

'저것들이 하필 지금 때맞춰 나올 게 뭐람……'

"혼자 뭘 그리 중얼거리누?"

"아는 계집들인 것 같아서 그러우."

"누군데?"

"누구라 하믄 되련님이 알 것이오?"

"춘향이라면 알지."

"되련님이 춘향이를 언제 봤다고 알아유?"

"보진 못했지만 그 명성은 한양서부터 익히 들어 알고 있느
니라."

방자가 픽 웃었다.

"남원골 춘향이가 유명하긴 유명한 모양이네, 한양 땅 새끼
한량들까정 다 알 정도믄……"

그 대목에서 몽룡의 눈이 반짝 빛나는구나.

"진짜로 춘향이란 말이냐?"

"맞어유. 춘향이 맞슈."

방자는 '에라, 모르겠다' 싶어 사실대로 말해 버렸것다.

방자 대답을 듣자마자 몽룡의 거동이 볼 만해지는구나. 몽룡은 앉은 자리에서 벌떡 일어나더니 까치발을 하고서 고개를 쑤욱 내미는데, 똑 목 긴 두루미 꼴이렷다. 이마에는 손을 얹어 햇빛을 가리며 멀리 춘향이 그네 뛰는 모습을 한 동작도 놓치지 않으려 하는구나.

"햐, 천지신명이시여! 부처님이시여! 드디어 자나 깨나 잊지 못해 오매불망하던 춘향이를 만나게 해 주시는구려."

방자는 눈꼴이 시었것다.

"춘향이 쪼깐 보는디 뭔 천지신명에 부처님까지 다 들먹이고 그러시우? 맨날 씨부렁거리는 공자 맹자 덕이라믄 몰라도."

"모르면 말 마라. 이제야 하는 말이지만, 내가 춘향이 보려고 남원 땅에 왔지 방자 너 보려고 왔겠느냐."

"그럼 나는 더 보지 말고 춘향이나 보러 가시우."

방자가 자리에 철퍼덕 앉더니 책상다리를 단단히 하는구나. 속이 한참 뒤틀렸다는 표시렷다. 몽룡은 눈치가 있는지 없는지 입을 짝 벌린 채 그네 쪽만 바라보는데, 그 꼴이 딱 발정 난 수캐 이웃집 암캐 쳐다보는 형세구나.

"하늘을 치고 오르는 저 버선발 좀 봐라. 날렵하기가 동헌 추녀 끝보다 더하네."

"계집들 버선발 첨 보나?"

"저 잘록한 허리!"

"잘록하긴, 장구 허리 보았남?"

"저 볼록한 가슴!"

"흥, 조롱박 걸어 놓은 걸 본 모양이네. 뭐가 볼록하다고 그라."

방자는 슬슬 심술이 돋기 시작하는데 몽룡은 아랑곳없으니.

"네 눈엔 춘향이 자태가 안 보이는 모양이구나."

"그만허슈. 여그서 뭔 허리가 보이고 가슴이 보인다고 숭하게 그래싸요?"

"아니, 다 보인다. 희끗희끗한 속곳 사이로 다 보인단 말이다."

방자는 그네 쪽을 힐끗 쳐다보았다. 제법 거리가 있어서 자세한 모습은 볼 수 없었다. 몽룡이 술에 취해 시방 헛것을 보는 성싶었다. 그러든 저러든 춘향과 향단이는 누가 자신들을 훔쳐보는지도 모르고 그네 뛰는 데만 빠져 있었다. 춘향이 잘록한 허리와 볼록한 가슴은 방자도 다 알지 못한다. '여자'가 된 뒤로는 춘향이가 쉽게 대해 주지 않았기 때문이다. 그나마 다행인 것은 향단이 몸 치수는 방자 자신이 훤히 꿴다는 것이다. 춘향이 몸 치수는 아직 제대로 견적조차 못 내 보았는데, 이제 이도령인지 삼도령인지 하는 사또 아들내미가 깐죽대니 은근히 부아가 치밀어 올랐것다. 나이 차 미운 계집 없다는 말도 있지만, 춘향이는 나이가 들어 갈수록 특히나 더 예뻐졌것다.

"애, 방자야! 가서 춘향이 좀 데려오렴."

"춘향이가 뉘 집 강아지유? 돌아지유? 시니믄 외양간 송이지유, 망아지유? 가서 데려오게!"

방자는 배알이 꼬일 대로 꼬였것다. 머슴이 강짜한다더니 자신이 딱 그 짝이렸다.

"내 듣기론 춘향이가 기생이라고 하던데⋯⋯. 양반이 기생 좀 부르는 게 큰 흉은 아니지 않느냐?"

"누가 그딴 소리를 합디까? 춘향이 어무니는 기생이었제만 춘향이는 기생 노릇 한 적이 없소이다."

방자가 내뱉는 소리에 기가 눌린 몽룡, 혀로 입술에 침 발라가며 볼멘소리를 한다.

"어미가 기생이면 딸도 기적에 올라 있을 것 아니냐?"

"나는 그런 것 모르오. 아무튼 춘향이는 기생 노릇 한 적 없은께 꿈 깨시오. 그라고 기생이라고 오라믄 오고 가라믄 가는 줄 아시오? 남원 고을에선 그런 일 없은께 택도 없는 소리 당최 허들 마시오."

몽룡이 이 대목에서 방자에게 매달린다.

"그렇다면 방자야, 네가 어떻게 좀 해 보면 안 될까?"

"내가 거 뭐시기 뚜쟁이유 뭐유?"

방자, 아주 귀찮다는 품이다. 몽룡은 얼른 나이를 들먹인다.

"네가 나보다 나이도 더 먹었으니 이런 일엔 요령이 있을 것 아니냐?"

"요령 있은믄 내가 시방 이 나이 묵도록 장가도 못 가고 마빡에 피도 안 마른 어린 되령 방자질이나 하겠소?"

몽룡은 숫제 울상이다. 몽룡은 방자 술잔이 빈 걸 보고 얼른 자리에 앉아 술을 따라 주며 은근하게 말했건만, 방자는 다리만 고쳐 앉을 뿐 요지부동이렸다.

"내가 저 계집들과 아무리 소꿉동무라지만 저것들도 인자 젖퉁이 다 여물고 엉뎅이 벌어져 부러서 내 말 안 들어유. 다 코 흘리고 다닐 때나 너나들이했제."

"그래도 방자 네 말이면 무시는 못할 것 아니냐."

"으흠, 그러기야 하겠지만 계집 속을 내가 어찌 알겄수."

방자, 짐짓 헛기침까지 해 가며 거드름을 피우면서 몽룡의 속을 태우는구나. 그러니 몽룡은 방자가 술잔을 입에 털어 넣기를 기다렸다가 바짝 다가앉으며 애원성을 낼 수밖에.

"방자 형님, 내 소원 한번 들어주시오."

"아쉬울 땐 형님이고, 보통 땐 방자야 하는 속은 무엇이다요?"

"그야 남들 눈이 있어서 그러는 것 아니냐."

"그럼 시방 넘들 눈 없은께, 진짜 내 이름이나 한번 불러 보슈."

"그건 어렵지 않지. 고두쇠야!"

"그건 돌쇠 마당쇠 하드끼 넘들이 그냥 부르는 막이름이고, 내 진짜 이름은 따로 있단께요."

"네가 가르쳐 준 적이 없는데 내가 네 이름을 어찌 안단 말이냐?"

"성이 쪼깐 희성이라서 알아묵을지 으쨜지 몰라 안 가르쳐 준 것이제. 아무러면 나라고 성 달린 이름이 없겄소?"

"그렇다면 사설 그만 깔고, 네 진짜 이름이 뭔지 알려 주렴. 이름을 알아야 부르든 말든 할 것 아니냐?"

"세상 물정 모르는 책방 되령이라 이런 성씨 들어 보았는지 모르겄소만, 내 본디 성은 '아'가요."

"'아' 씨가 네 성이라고? 우리 조선 땅에 그런 성바지도 있는 거냐?"

"그래서 내가 희성이라고 했구만."

"그럼 있다 그러고, 진짜 네 이름은 뭐냐?"

"성이 희성이라 거기에 맞추느라 이름도 상당히 진기허요."

"진기한 그 이름이 어찌 되는데?"

방자, 코를 벌름거리며 더듬거린다.

"내 진짜 이름은, 음…… 바지요."

"바지? 저고리 아래짝 되는 바지가 네 이름이라고?"

"그렇소. 쪼깐 어렵게 느껴져 부요?"

"예끼! 좀 어려운 게 아니라 조선 천지에 그런 이름이 어디 있느냐?"

"여기 있제 어디 있다요?"

"성에다 이름을 붙여 봐라, 어떻게 되는가."

"아바지가 어때서 그렇소?"

"부르기가 좀 그렇지 않느냐?"

56

"강아지 돝아지 송아지 망아지란 이름도 있는디 아바지가 으쨌다고 그래유? 부르기 싫으면 마슈. 내사 아쉬울 것 하나도 없소이다."

"그러지 말고 내 소원 좀 들어주라."

"들어줄 틴께 이름이나 제대로 부르란께요."

"나, 참……."

방자가 다그쳐 댔다.

"부를 티요, 안 부를 티요?"

몽룡은 참으로 난감했다. 세상에 뭔 이름이 이런지 모르겠다. 하지만 이름 그깟 게 뭐 그리 대수인가? 방자란 놈이 원하면 불러 주고 말자. 이름을 불러 주면 방자 녀석이 알아서 오매불망 춘향이를 데려올 것 아닌가.

"알았어. 부를 테니까 잘 들어. 바지야!"

"으째 성은 홍어 좆맨치로 띠어 불고 부른다요? 성은 따로 띠어 뒀다가 어따 쓸라고 안 붙인다요?"

"성도 꼭 붙여서 불러야 돼?"

"당연하쥬. 아랫것이라고 성 띠고 부르는 법 없소."

"그렇다면, 얘, 아바지야……!"

방자가 눈을 감고 팔짱을 낀 채 고개를 젓는다.

"못 들었소. 다시 부르시오."

몽룡이 머뭇거리는가 싶더니 아예 큰 소리로 불렀다.

"아바지!"

방자가 자리에서 일어나더니 냅다 뛰어나가며 큰 소리로 외쳤다.

"왜 그랴? 아들!"

"뭣이라고?"

몽룡은 그제야 방자한테 속은 줄 알고 펄쩍 뛰며 일어났으나 방자는 벌써 저만치 뛰어가 버렸으니, 몽룡이 꼴 닭 쫓던 개 꼴이렷다.

몽룡을 단단히 골려 먹은 방자는 한달음에 춘향이에게 뛰어 갔것다.

그네를 뛰다 말고 방자를 발견한 춘향이 향단이에게 소리쳤다.

"향단아, 그넷줄 좀 잡아 다오. 어질어질하구나."

"그러잖아도 인자 내려올 때 되었어유."

춘향이가 그네에서 내려와 치마를 추스르며 방자가 달려오는 쪽을 바라보았다.

"근디, 저그 벙거지 삐딱허게 쓰고 내달려 오는 놈이 주막집 고두쇠 아니냐?"

향단이가 고개를 길게 빼고 보자 방자가 손을 흔들었다.

향단이가 춘향이를 흘끔 쳐다본 뒤 중얼거렸다.

"고두쇠 맞는디요. 쳇, 누가 저 반긴다고 손까정 흔들믄서 온다냐?"

"누구긴 누구겠냐? 향단이 너겄지."

"무슨 말씸을 고렇게……. 내가 언제 고두쇠를 반겨유?"

향단이가 춘향이를 보고 밉지 않게 눈을 흘기며 입을 삐쭉 내밀자 춘향이가 툭 한마디 내던졌것다.

"그럼 내가 반길까?"

"아가씨도 참, 인자 고두쇠 같은 놈한티 너무 잘해 주믄 안 돼유."

"잘해 주어서 아니 될 거야 뭐 있었냐만, 저것도 불알 달린 사내는 사내라서 내외는 쪼깐 해야 쓰겄지?"

향단이 얼굴이 홍시처럼 벌게진다. 고두쇠와 주막 술청에서 보낸 밤이 스치듯이 지나간 탓이렷다.

그러고 보니 고두쇠를 만난 지가 꽤 오래된 성싶다. 고두쇠가 갑자기 사또 자제의 책방 방자로 들어간 뒤로는 코빼기조차 보기 힘들었다. 그런데 오늘은 무슨 일로 환한 대낮부터 광한루에 나타난 걸까? 단옷날이라 하루 말미를 얻어 쉬는 걸까? 자신은 자나 깨나 춘향 아가씨 곁에 있어야 한다. 하지만 고두쇠는 방자로 들어가기 전까지는 누구에게 매인 사람이 아니었다. 그런데 방자가 되고부터는 고두쇠도 매인 사람이 되어 둘이 따로 만날 겨를을 내지 못했다. 그런데 오늘은 웬일로 대낮에 나타났는지 모르겠다.

방자가 두 사람 앞에 와 숨을 헐떡이며 서더니 대뜸 안부를 묻는구나.

"춘향아! 향단아! 잘 지냈더냐?"

향단이가 속으론 반가우면서도 퉁명스레 대거리를 했것다.

"고두쇠 니가 벌건 대낮에 웬일이여?"

"나라고 컴컴한 밤에만 다녀야 쓰겄냐?"

향단이 얼굴이 다시 붉어진다. 춘향이가 대신 참견한다.

"여그 그네터는 사내들이 나다닐 디가 아니라서 그라제. 시방 그걸 몰라서 되묻는 것이여?"

"내가 갈 디 못 갈 디가 어디 있냐? 볼일 있으믄 댕기는 것이제."

향단이가 방자에게 살짝 눈치를 주며 나무라듯이 말했다.

"그려도 아무 때고 주책없이 헐레벌떡 나댕기믄 못 써. 주막집 개도 아니고 말여."

"히, 개 같으믄 그냥 주막에 있기나 허제."

춘향이가 픽 웃었다.

"웃지 마라, 춘향아. 너 땜시 시방 일 났다."

"야가 시방 뭔 뜬금없는 소리를 하고 자빠졌다냐? 나 때문에 뭔 일이 났다고 호들갑이다냐? 나야말로 너 땜시 그네 뛰다 낙상할 뻔했구만."

"낙태헐 것 같으믄 그네를 안 타야제, 말만 한 큰애기가 벌건 대낮에 이런 디서 왜 이러고 있디야?"

"이 머시마 말하고 자빠져 있는 꼬라지 봐라잉. 내가 낙상이라고 했제 언제 낙태라고 했냐?"

방자가 얼른 말머리를 돌린다.

"고건 이 대목에서 중요한 게 아니고……."

"그라믄 뭐가 중요한디? 멀쩡한 처녀한티 터진 주둥아리라고 할 소리 못할 소리 다 시부렁거려 놓구선……."

춘향이가 토라지자 방자가 몽룡이 있는 쪽을 슬쩍 바라본 뒤 얼른 말꼬리를 돌렸것다.

"성깔 내보이지 마라. 새끼 사또가 너를 데려오라 했단께."

향단이가 어이없어 하며 춘향이 앞으로 나섰것다.

"고두쇠야, 너 뭔 소리 하고 있다냐? 말을 알아묵게 해야 쓸 것 아니냐?"

"저쪽에 사또 자제인 책방 되령이 와 있단께."

"책방 도령이 왔으믄 왔제, 고것이 우리 아가씨랑 뭔 상관이 간디?"

"니들은 꼭 말을 다 해야 알아묵냐?"

"야가 뜬금없이 나타나 앞도 뒤도 없이 벙거지 시울 맨지는 소리 하고 자빠졌네. 니가 자다가 봉창 두드리는 소리 헌게 그러는 것 아니냐?"

향단이에 이어 춘향이까지 지청구다.

"니가 책방 방자 되었다는 소리는 들었다만, 같잖게 벌써부터 못된 것만 배웠냐? 시지도 않은 것이 군내부터 풍기는 꼴이잖냐."

방자, 두 계집한테 퉁바리를 맞는 게 아주 이골이 난 모습이렸다.

"아따, 니들 오랜만에 봤으믄 깎아 놓은 배만치롬 사근사근은 못혀도 풀쐐기 쏘듯 허진 마라잉. 내가 쪼깐 서운해질라고 그란다."

설왕설래 말이 길어지자 춘향이가 아퀴를 짓자고 나서는구나.

"그래 무슨 일 땜시 온 것이냐?"

"말했잖이여. 새끼 사또가 춘향이 너를 데려오라고 했다니께!"

"나를 한 번도 본 적 없는 사또 자제 도련님이 나를 어찌 알고 데려오라 마라 한단 말이냐?"

"모르믄 말을 말어라. 한양서부터 너를 알고 왔단다!"

"니가 시방 한 입으로 두 번 말하게 하는구나. 한양 살던 도련님이 어찌 나를 안다고 데려오라 한단 말이냐? 니가 제비 새끼맨치로 지지배배 종알댄 것이 틀림없으렷다!"

"아따, 고두쇠가 팔자에 없는 책방 방자가 되었는디 지 애비 새끼 지지배처럼 고렇게 입이 싸겄냐?"

"누가 지 애비 새끼랴? 그라고 지지배가 아니라 지지배배하는 제비처럼 종알거린 것 아니난 말이여?"

"지지배고 계집애고 나는 춘향이 춘 자도 꺼낸 적 없다."

"정말?"

"정말이지 않고! 내 말이 거짓말이믄 내가 성을 간다, 성을 갈아!"

성을 간다는 말에 향단이가 나섰것다.

"고두쇠 니가 갈 성이 어디 있다고 아가씨 앞에서 행패를 부리는 것이냐?"

"향단이 너 모르는구나? 내 성은 '아'가다."

춘향이 픽 웃었다.

"조선 천지에 '아'가 성이 어디 있다고 그러느냐? 장가도 안 간 녀석이 설마 아가를 얻은 것은 아니겠제?"

방자가 향단이를 힐끔 바라보자 향단이가 고개를 외로 꼰다.

"그런 성이 있는지 없는지는 우리 되련님 만나서 물어보고, 지금은 좌우지간 나를 따라나 가 보자."

방자가 춘향이 손목을 쥐고 잡아당기려 하자 향단이가 방자 손을 제법 세게 쳐서 떼어 놓는다.

"야가 시방 눈에 뵈는 게 없구나! 어디서 우리 아가씨 몸에 손을 대는 것이여?"

방자가 향단이에게 맞은 자리를 문지르며 당황해 하는데, 춘향이가 점잖게 꾸짖는다.

"새끼 사똔지 책방 도령인지 하는 네 주인한티 가서 삼강오륜에 소학에 동몽선습까지 제대로 공부한 뒤 예의를 갖추어 다시 오라 일러라."

"삼강오소 뭐 동몽룡이?"

"삼강오륜, 소학, 동몽선습!"

춘향이가 또박또박 이른 뒤 신발을 고쳐 신고 뜰 채비를 ㅎ

자 방자 몸이 달아오르는구나.

"춘향아, 너는 가기 싫으믄 안 가믄 그만이제만, 내 돌아가서 되련님한티 뭐라고 전할끄나. 나도 어린것한티 시달려 죽을 맛이다."

"다 얘기했다. 앞에서 말한 것 제대로 공부하고 다시 오라혀라."

"나는 그런 유식한 문자는 알아듣지 못혀. 몽룡이 어쩌고 한 것 말이여? 우리 되련님 이름이 몽룡인디, 뭘 다시 공부하라고?"

춘향이 어이없어 한다.

"동몽선습이라 했제 누가 몽룡이라 했냐? 니 주인 이름이 몽룡이여? 그라믄 이사또 자젠께 이몽룡이겠네?"

"맞다. 근디 오늘은 왜 오나가나 이름 갖고 지랄들이디야."

향단이가 듣자 하니 고두쇠가 상소리를 하는 것 같아 톡 쏘아 주는디.

"너 시방 우리 아가씨한티 승허게 무슨 소리 하는 것이여?"

"아녀, 혼자 허는 소리여."

춘향이는 벌써 저만치 가고 있다.

방자, 급하게 다시 뛰어가 사정한다.

"춘향아, 우리 옛정을 생각혀서 이러지 말고 내가 되련님한티 가서 전할 말을 알아묵기 쉽게 해 주란께!"

춘향이 잠시 생각하는가 싶더니 한 말씀 던진다.

"나비가 꽃을 보러 오제 꽃이 나비를 보러 가는 법 없고, 기러기가 물을 따르제 물이 기러기를 따라가는 법 없다고 혀라."

"이게 시방 뭔 수수께끼 같은 소리여⋯⋯."

방자, 멀어져 가는 두 계집을 물끄러미 바라보다 말고 다시 몽룡에게 뛰어가자 나무 밑에 몸을 가리고 서 있던 몽룡이 반갑게 뛰어나와 방자를 맞는구나.

"춘향이는 어찌 하고 너만 오는 게냐?"

"계집이 도도하고 쌀쌀맞게 튕기더니 골만 내고 가 버립디다."

"한참 동안 수작 떠는 것 내가 다 봤다. 네가 잘못해서 가 버린 것 아니냐?"

"뭔 말을 고렇게 한다요? 내 딴으론 얼마나 애썼는디."

"알았다, 알았어. 근데 춘향이가 뭐라 하고 가더냐?"

"뭔 수수께끼 같은 요상한 말만 하고 갑디다."

"수수께끼? 혹시 네가 먼저 웃국 떠먹으려 하니까 지청구 놓은 것 아니냐?"

"웃국은커녕 손목이라도 잡아끌고 올라다가 벼락만 맞아 부렀소."

"그러니까 네가 먼저 춘향이 몸에 손댄 게 맞잖아!"

"끌고라도 오려다가 향단이한티 맞기까지 했단께요!"

"허, 참! 야외 수업 끝이 어지럽구나!"

몽룡의 한숨에 땅이 꺼질 듯하구나.

4장
수수께끼 풀이

．
．
．
．
．

몽룡은 방자가 춘향이를 데려오지 못하자 몹시 실망하였
것다.

"뭔 소리를 그리 오래 하고도 춘향이를 데려오지 못했느
냐?"

"무슨 소리 하긴요. 되련님 소개부터 해야 된께 그랬지라."

"나를 뭐라고 소개했는데?"

"궁금하우?"

"그럼 궁금하지 않을까?"

"궁금하믄 내가 한번 읊어 보지유. 우리 되련님으로 말할 것
같으믄, 남원 고을 사또 오또 대감 외아드님으로서 어리광으
론 이씨 집안에서 으뜸이고, 성깔로는 관아에서 둘째가라면

서럽고, 오입으론 한양에서부터 첫째가는 선수고, 생긴 것을 볼작시믄 흰말 불알같이 희고 기름기가 자르르르 흐른다고 했소이다. 됐소?"

"예끼! 되긴 뭐가 됐느냐. 그게 무슨 소개냐? 망신 주려고 작심한 것이지!"

몽룡은 붉으락푸르락했지만 방자는 얼굴색 하나 변하지 않고 천연스럽다. 몽룡, 방자에게 또 당한 줄 그제야 안다. 하여 말머리를 돌리는데.

"춘향이가 낸 수수께끼라는 게 뭐냐?"

"두 갠디요, 하나는 삼강오소에 동몽룡 어쩌구저쩌구라 잘 알아듣지 못했시유. 다른 하나는 나비가 꽃을 따른다든가 꽃이 나비를 따른다든가 하는 것이었고, 아니었나? 기러기가 물을 따른다 했던가, 물이 기러기를 따른다 했던가? 내 참, 헷갈려 죽겠네."

"앞의 것은 나도 뭔 소린지 잘 모르겠고, 뒷 것은 알 듯 말 듯하다만……."

몽룡은 한참 동안 생각에 잠겼다. 방자가 그런 몽룡을 채근했다.

"뭔 생각을 그렇게 골똘히 허유? 춘향이가 낸 수수께끼가 공자 맹자 책에는 안 나오는 말인갑쥬?"

그 순간 몽룡이 바로 손뼉을 치며 좋아라 했것다.

"알았다! 알았어!"

"공자 맹자 책에 나오는 소린갑지유?"

"히야! 그런 소리가 공맹의 책에야 나오겠느냐?"

"근디 왜 좋아하는디유?"

"통하는 사람끼리는 어떻게든 통하기 마련이라서 그러지!"

"뭐가 통했는디유?"

"춘향이가 애타는 내 마음을 먼저 알아차리고 제 마음을 수수께끼 속에 담아 알려 준 것이지."

방자는 어이가 없었다. 춘향이와 몽룡이 서로 언제 보았다고 둘이 통한단 말인가. 몽룡의 말이 사실이라면 춘향이 그 계집도 꽤나 앙큼하기 짝이 없는 인물이렷다.

"그나저나 뭔 뜻이기에 통하니 마니 해 싸시우?"

몽룡은 대단한 비밀을 알아낸 것처럼 좋아하며 히히거리는데, 방자는 몽룡이 그럴수록 비위가 상하고 배알이 꼴렸것다. 춘향이가 자기에겐 쌀쌀맞게 굴면서 아직 얼굴도 모르는 사또 아들한텐 둘만이 통하는 말을 먼저 던진 것 같아서였으니 그럴 수밖에.

"얘, 방자야!"

몽룡이 제법 위엄을 갖추어 방자를 불렀것다.

"사람 앞에 뇌두고 왜 부르시우?"

"내 말 좀 들어 볼래?"

"덴장, 듣기 싫어도 들어야 할 판인께 뜸 들이지 말고 싸게 싸게 풀어 놓으시우."

심사 뒤틀린 방자의 대꾸, 좋게 나갈 리 있나. 그러든 말든 몽룡은 눈치코치 없이 자기 생각뿐이렷다.

"춘향이가 나를 만나고 싶다는 신호를 보낸 거야."

"아, 근께 쓸데없이 말 빙빙 돌리지 말고 바로 직빵으로다가 말해 보란께요. 으이!"

방자는 몸이 달아 죽을 판인데 몽룡은 느긋하다.

"나비가 꽃을 따른다는 말은 꽃인 자기는 가만히 있을 테니 나비인 이 몸더러 오라는 얘기 아니겠느냐?"

"꿈보다 해몽이 더 좋구만유. 춘향이야 꽃 가운데서도 왕이라 할 수 있제만 되련님이 나비는 무슨 나비? 나방이라믄 몰라두……."

"더 들어 봐라. 기러기가 물을 찾는다는 얘기는 물은 가만히 있으니 기러기가 알아서 날아오라는 얘기 아니겠느냐?"

"그라믄 시방 되련님이 이참엔 기러기가 되는 것이우? 참말로 웃기네. 제비 같으믄 또 몰라……."

"내가 너처럼 지저귀는 제비인 줄 아느냐? 나는 꽃 찾는 나비이자 물 찾는 기러기다, 이 말씀이야."

"춘향이가 뭘 몰라도 되게 모르는구만."

"뭘 모른단 말이냐?"

"나비는 꽃한티 날아가기 전에 애들 나비채에 잡혀 들어갈 수도 있고, 기러기는 한 철 지나믄 또 다른 디로 날아가는 걸 모른단 말이지라요."

"너는 왜 쉬운 걸 자꾸만 어렵게 뒤집어 놓고 그러느냐? 꽃 본 나비가 담장 넘어가겠느냐, 물 본 기러기가 산 넘어가겠느냐."

"되련님도 내 나이 묵어 보소. 세상만사 다 겉으로 보이는 것이 전부는 아닌께 그러지라우."

"알았다, 알았어. 그러니까 방자 가라사대, 조심하라는 말이지?"

"되련님보다 춘향이가 더 걱정이라서 그런 것이제."

"걱정은 뚝! 나는 나비가 되어 꽃을 찾아가면 그만이고, 기러기가 되어 물을 찾아가면 만사형통이다!"

"만사를 형님하고 통한다고라? 별시런 소리를 다 하는구만. 이 형님하곤 통한 게 없는디 뭐가 만사형통이우?"

"만사형통은 뭔 일이든지 잘된다는 뜻이야!"

"딱 맞는 말이네. 일이 잘될라믄 방자 형님을 통해야제, 흠 흠."

"아이고, 두야!"

"으짜든 내사 모르겠소. 그저 사또 자제란께 불 찾아드는 나방인지 물 차고 오르는 제비인지도 모름시롱 실수했구만. 춘향이가 큰 실수 혔어!"

방자는 괜히 춘향이 말을 전했다고 후회했으나, 몽룡은 춘향이 한 말이 의외로 쉽게 풀어져 어깨춤이 절로 추어질 판이었다. 얼마나 고대하고 고대하던 일인가. 남원 가면 반드시 춘향이를 만나 뜨거운 사랑을 해 보는 게 소원 아니었던가. 나중에 이런 사실을 알면 한양 동무들도 부러워 죽을 것이다.

관아로 돌아온 바로 그날 저녁부터 몽룡은 춘향이를 얼른 보고 싶어 안달이 나 앉지도 못하고 서지도 못하고 꼭 똥 마려운 강아지처럼 왔다 갔다 나갔다 들어갔다 하는구나. 그런 까닭에 더는 견딜 수 없어 방자를 졸라 보기도 하고 다그쳐 보기도 했지만, 방자는 한 달이 다 지나도록 요지부동이렷다.

"빨리 춘향이를 보러 가야 할 것 아니냐?"

"지금은 곤란하우. 쪼깐만 더 기다리시우. 춘향이 보는 일이 뭐가 그리 급허우?"

"내가 그 일보다 더 급한 게 그럼 무엇이냐?"

"허 참, 책방 되령이 그런 소리 하면 쓰간디요? 자나 깨나 앉으나 서나 누우나 뻗으나 공자 왈 맹자 왈 열심히 지성으로 읽어서 과거 준비해야 쓸 것 아니오?"

"그건 내가 알아서 한다. 그러니 방자 너는 춘향이를 만나러 갈 날이나 받아라."

"초파일은 벌써 지났고 단오도 막 지났은께 인자 칠월 칠석이나 백중날이나 되아야 춘향이를 바깥에서 볼 수 있소. 그란께 잊어불고 기다려야 쓰겄소."

"네가 춘향이 집을 모르는 것도 아닌데 왜 그런 날까지 기다려야 되느냐?"

"그때 절에 사람들이 많이 모인께 그라지라우. 춘향이도 그날엔 절에 가지유. 그라고 칠월 칠석이나 백중 때쯤 되어야 절 간 연방죽에 물도 차고 꽃도 핀단 말이유. 수수께끼에 나온 말이 딱 그 말 아니우. 꽃 피고 물 차면 오라고! 꽃 피고 물 차는 곳이면 딱 절집인디, 아마도 광한루에서 가차운 만복사를 두고 하는 말일 것이우."

"나 참, 미치겠네. 그 말은 나더러 나비 되고 기러기 되어서 아무 때고 오라는 말이라니까!"

몽룡이 가슴을 치다 머리를 쥐어뜯다 하며 발악을 했것다. 그렇다고 방자가 그 정도 기세에 눌리겠는가.

"아니란께 그러네유. 그 말은 만날 날과 장소까지 다 들어 있는 말이란께요. 그란께 미리 헛물켜지 말고 쪼깐 진득허니 기다리슈."

그래도 몽룡은 물러나지 않고 차마 하지 못했던 말까지 뱉어냈것다.

"아무래도 네가 밤마다 춘향이랑 만나서 노느라고 나를 따돌리는 것 아니냐?"

"내 참, 듣자 듣자 헌께 인자 별시런 말을 다 듣겄네. 그것도 다 옛날이야기제, 요샌 그런 일 없소이다."

"그럼 옛날에는 밤마다 놀았단 말이냐?"

순간 몽룡이 두 눈에 불꽃이 이는구나.

"놀다뿐이오? 홀딱 벗고 목욕하믄 망도 봐 줬제."

방자가 태연히 지나가는 말 하듯 하나 몽룡은 머리꼭지가 아주 돌 지경이로다.

"뭐라고? 이제 보니 네가 아주 엉큼하고 음흉한 놈이구나!"

"그런 소리 마쇼. 나도 한때는 뜨거운 피가 팔팔 끓는 씹육 세였다우."

"그럼 지금은?"

"지금이야 마구 놀기엔 쪼깐 거시기한 나이 씹팔 세 아니우. 다 이 형님이 알아서 만사형통해 줄 틴께 너무 보채지 마시우."

"형님 같은 소리 자꾸만 할래? 십팔 세면 뭐가 거시기한데?"

"거시기는 귀신도 모르는 것인께 너무 많이 알라고 허들 마소. 자칫하믄 많이 다쳐유. 그냥 그런가 보다 해유. 나이는 헛먹는 게 아니우. 이 형님 심사 뒤틀리게 하믄 춘향이허고 사랑은커녕 발뒤꿈치도 못 볼 것인께 알아서 하시우."

방자가 느긋하면 느긋할수록 몽룡이는 조바심이 났것다. 몽룡이 가슴을 치며 내놓고 억지소리를 하는구나.

"아무래도 방자 네가 나 먼저 춘향이 건드린 것 아니냐? 단옷날에도 나 먼저 웃국 떠먹는 수작을 하느라 그리 지체한 것 아니었느냐?"

몽룡이 애써 말투는 점잖게 하지만 벌써 얼굴은 붉으락푸르락 시샘이 나서 죽겠다는 꼬락서니다. 그러든 말든 방자는 느긋하기만 하니 그 속을 알 수 없구나.

"뭔 말을 고로코롬 징그럽게 한다요? 사랑을 시작도 하기 전에 의심병부터 들어 부렀소? 열불 내지 말고 가만 기다려 보슈. 나는 물정 모르는 되련님처럼 꽃 보고 허둥대는 나비가 아니고 물만 보믄 첨벙대는 기러기도 아니우. 이런 일은 서두르는 게 아녀라. 다 때를 봐야 하는 것이우."

몽룡은 도저히 말로는 방자를 어떻게 해 볼 수 없어 씩씩거리며 손을 휘저어 책상 위 책을 쓸어 버렸것다. 방자는 어이없어 기가 막힌다.

"얼레? 책이 뭔 죄라고 그러우?"

"네가 뭔 상관인데?"

"아따 책 펴 놓은 디서 한 장도 더 안 넘어가고 먼지만 폭 쌓였는디, 열심히 읽어 한 장이라도 더 넘길 생각은 않고 아예 뒤집어 뿔믄 되겠수? 지금부터라도 게으른 일꾼 밭고랑 세듯 허지 말고 열심히 읽으쇼."

"에이, 씨! 내가 정말 성질 뻗쳐서……. 그런 소리 하려면 책방 방자 노릇 그만하고 당장 주막으로 돌아가!"

"그 말 시방 참말이우? 이래서 하늘 아래 머리 검은 짐승은 넘의 공을 모른다는 소리가 나왔구만!"

방자가 두 눈에 힘을 잔뜩 주고서 몽룡의 얼굴을 빤히 들여다보았것다. 몽룡은 오금이 저리며 아차 싶었지만 그냥 있을 수밖에.

"세상 성질 뻗치는 대로 살려 하지 마슈. 큰 바가지 작은 바

74

가지 다 따로 쓰일 디가 있듯이 아랫것도 다 쓰일 디가 있는 법이오. 이 몸이 어쩌다가 책방 방자 노릇 한다고 되련님 맘대로 함부로 내치고 들이고 하는 것 아니우. 사람 버릴 것 없고, 그릇 버릴 것 하나 없소. 사람이고 그릇이고 있는 대로 다 저마다 쓸 디가 있다 이 말이우. 되련님이 아직 어려서 뭘 몰라 그러는디, 꽃도 피어야 나비가 찾아가고 물도 차야 기러기가 날아가는 법이우."

몽룡은 방자의 말에 한마디도 토를 달 수가 없었것다. 사실 춘향을 만나야 하는 청춘사업이 방자 없이 되겠는가. 또 자기보다 나이가 두 살 더 많은 만큼 사랑법도 더 많이 알지 않는가. 게다가 어려서부터 저잣거리에서 잔뼈가 굵은 터라 무슨 일에서든 자신과는 비교가 되지 않을 정도로 수완이 좋다. 거기에 더해 춘향이와는 소꿉동무라 임의로운 사이 아닌가.

그런데 바로 그 사실이 좀 꺼림칙하기는 하다. 방자 말대로라면 살 섞는 일은 향단이하고만 해 보았다는 것인데 그 말이 참말일까? 엉큼하고 음흉스러운 방자가 춘향이까지 어찌해 보지 않았을까 하는 의심. 그래서 자꾸만 미적미적 미루는 건 아닐까 하는 걱정. 그래서 먼저 웃국 떠먹은 거 아니냐고 다그쳐 본 것이다.

그러나 이내 고개를 저었다. 방자가 아무리 그래보아야 저 무식한 인간을 선녀 같은 춘향이가 눈길 한 번 주었겠는가. 제가 아무리 나이 너 넉였다고 형님 운운하지만 반상의 구별이

엄연한데 나를 모른 척하겠는가. 무엇보다도 나는 주인이고 저는 하인 아닌가. 그것도 나는 사또 아들이고 저는 책방 방자로 들어온 신분 아닌가. 몽룡은 속으론 그렇게 생각했지만 아무래도 방자는 함부로 할 수가 없는 인물이었다. 왠지 방자 앞에선 자꾸만 주눅이 든다. 그러면서도 싫지 않다. 그렇다면 어떡하든 방자를 구워삶아 춘향이를 만나야 하리라.

방자와 실랑이를 벌이며 하루하루를 억지로 보내다 보니 칠월 칠석날이 드디어 하루 앞으로 다가왔것다.

방자 가라사대, 칠월 칠석은 견우 직녀가 만나는 날로 사월 초파일 버금가는 절집 명절이라 절에 처녀 총각 들이 많이 모여들어 초이레 달일망정 떴다 지도록 어울려 논다고 했것다. 춘향이도 향단이와 칠석 불공을 드리러 절에 가니 그때 자연스레 만나자는 것이었다. 뜸 들여야 할 때 솥뚜껑을 미리 열면 밥이 설고, 급히 먹는 밥이 체한다고 했것다.

방자 말씀이야 구구절절 옳은 소리지만 이내 청춘은 어이할꼬. 몽룡은 방자가 두 살씩이나 더 먹은 걸 무슨 벼슬처럼 내세우며 느긋해하면 속이 바짝바짝 타들어 갔다. 그러나 방자 없이 될 청춘사업이 아니니 방자 거동 배알이 꼴리고 눈꼴이 시어도 참을 수밖에.

사실인즉슨 그동안 몽룡은 눈에 들어오지 않는 책을 억지로 들여다보느라 죽을 맛이었다. 방자는 저녁이면 자기 할머니가 꾸리는 주막집에 슬쩍 다녀오는 눈치였다. 그런 줄 알면서도 몽룡은 아무 말을 하지 않았다. 설마 저 혼자 춘향이를 만나고 오지는 않겠지 하는 마음으로 아무 일 없기를 바랄 뿐이었다.

몽룡은 억지로 책 읽는 시늉을 하며 무료하게 책장을 넘기었다.

"공자 왈 나비는 꽃을 따르고, 맹자 왈 기러기는 물을 찾으니……."

바로 그때 방자가 오더니 소리를 냅다 질렀다.

"되련님! 시방 글 읽는 거유, 육자배기 하는 거유?"

"내가 뭘?"

"아따 공자님이 꽃 치레허고 맹자님이 기러기 물 먹는 소리 했겠소?"

"그런 성현들도 할 것 다 했느니라."

"어거지 그만 부리시우. 차라리 탱자 왈 유자 왈이라믄 모르겠소."

"그래, 알았다. 그런 거라면 자신 있지. 어디 한번 들어 보아라. 음, 방자 가라사대, 탱자 왈 탱탱한 춘향이 젖가슴에 유자 왈 유두 젖꼭지 오디같이 검붉으니 기다리고 기다리던 칠석날이 바로 내일이라, 견우와 직녀가 만나듯이 몽룡이와 춘향이도……. 공자 왈 먼 데서 벗이 오니 이 아니 좋을쏘냐, 방자 왈 몽룡이 춘향이를 찾아가니 이 아니 좋을쏘냐."

방자, 몽룡이 책 읽는 시늉에 기가 막혀 허허 고개를 절레절레 젓는구나.

"아이고, 두야! 내 머리가 다 아프네. 어린 되령 상사병에 쓸 약이 무엇이다냐!"

"무엇이긴 무엇이냐. 춘향이만 만나면 내 병은 감쪽같을 것이로다."

"알았소. 알아묵었은께 내일 실수 없도록 하시우."

그 말에 몽룡이 방자에게 바짝 다가가며 반색을 하는구나.

"그간 춘향이 소식 알아 온 모양이구나."

"소식은 무슨……, 내일 밤 만복사에 가 있으믄 내가 간다고 기별했소."

"왜 방자 네가 가? 내가 가야지."

"그럼 되련님 혼자 가시우. 나는 책방 지킬 틴께."

"알았어, 알았어. 우리 둘이 같이 가는 거지?"

"그라믄 둘이 가야 일이 되제, 되련님 혼자 가서 되겠소?"

"근데 누구한테 기별했어? 춘향이한테 확실하게 한 거냐?"

"향단이한티 했소. 그라믄 안 되우?"

"향단이만 나오고 춘향이는 안 나오면 어떡하려고?"

"나비가 가는데 꽃이 없겠소? 기러기가 가는데 물이 없겠소? 방자가 가는데 계집이 없겠소? 되련님 가는데 방자가 없겠소? 머리를 삶으믄 귀까지 다 익는 법이유. 그란께 염려 꽉 붙들어 매시우. 다 묶음으로 움직이게 되아 있는께!"

"아, 역시 방자 형님이시다!"

"이럴 때만 형님이랴……."

몽룡은 방자를 치켜세우는데, 방자는 좋아 자지러지는 몽룡을 물끄러미 바라만 볼 뿐이로다. 사또 아들이라는 신분도 잊고 채신머리없이 굴며 그저 계집을 만나러 가고 싶어 하는 꼴이 우습기도 하고 안타깝기도 한 것이다.

그럭저럭 하루를 보내고 일찌감치 잠자리에 들었으나 몽룡은 도시 잠이 오지를 않아 죽을 맛이렷다. 이 밤만 자고 나면 그토록 그리고 그리던 춘향이를 만난다 생각하니 심장이 벌렁거리고 귓구멍이 윙윙거리는 것이었다.

어느 순간 잠이 들었는가 싶었다. 방자와 함께 어느 시냇가에 발을 담그고 있는데 멀지 않은 곳에서 여자들 웃음소리가 들려왔다. 여자들이 점점 가까이 다가오는데 미처 시냇물에서 발을 거두어 물기도 닦지 못했다. 여자들은 몽룡이가 있든 말든 하얀 종아리를 드러낸 채 물속을 거닐고 있었다. 몽룡은 되레 멋쩍어 바짓가랑이를 추스르며 방자를 찾았다. "방자야! 방자야!" 마구 부르는데 아랫도리가 척척해지면서 잠이 깼다. 이어 밤꽃 향기가 책방에 가득 찼다.

아침이 밝았으나 몽룡은 멍했다. 간밤에 망칙하면서도 짜릿한 꿈을 꾸어서 그런지 머릿속이 어지러운 것 같기도 했다. 그새 방자는 세숫물을 받아 놓고 일어나라 채근이다.

"해가 시방 똥구녁을 쑤시게 올라오고 있소. 싸게 일어나 세수하슈."

"세수하고 나면 바로 만복사 가는 거냐?"

"만복사는 이따 저녁에 가지 대낮에 뭐 하러 가우?"

"뭐 하긴? 춘향이 만난다고 했잖아."

"춘향이는 달 뜨믄 만날 것이우. 낮엔 칠석 불공 드리는 여자들 천지요."

"그러면 우리도 낮에 가서 빌어야지. 절 이름도 무엇이든 빌기만 하면 만복을 다 준다고 만복사 아니겠느냐?"

"그래서 춘향이랑 잘 엮어 달라고 빌 참이우?"

"그걸 말이라고 묻느냐? 그러니까 낮에 가자."

"못 갈 건 없지만, 사또 자제가 넘들 눈에 띄어 좋을 것 뭐 있소?"

"누가 나를 안다고 그래?"

"남원 고을에 사또가 둘만 되어도 모를 것인디, 사또가 딱 하난께 자제까정 다 알제 모른다요."

"지금부터 언제 밤 되기를 또 기다린단 말이냐?"

"아무 소리 말고 공자 왈 맹자 왈 열심히 외쳐 대슈. 그래야 저녁에 바깥출입 허락 맡을 것 아니우."

"에잇, 방자 너는 아무 때고 바깥 드나드는데 난 왜 허락 맡고 나가야 돼?"

"뎬장 녠장 맞을, 그걸 시방 몰라서 묻는 것이유? 사또 자제라서 그런 것 아니우?"

"이런 땐 내가 방자 하면 안 돼? 나, 사또 아들 하기 싫어!"

방자가 픽 웃었다.

"인자 별 까탈을 다 부리는구만유. 복 터진 소리 그만허슈. 사또 자제는 아무나 되는지 아시우?"

방자의 얼굴에 잠깐 그늘이 지는구나.

'내가 어쩌다가 이 어린 녀석 뚜쟁이질까지 하게 되었다냐. 그려도 어떡혀. 먹고살기 힘든 시상에 사또 관아 책방에 빌붙어 밥벌이하게 된 것만도 어딘다⋯⋯.'

몽룡은 동헌으로 사또를 만나러 갔것다. 그러나 막상 아버지를 보니 감히 밤마실을 나가겠다는 말이 나오지 않아 아무 말도 못하고 돌아왔으니.

방자가 몽룡을 보고 확인하듯 물었것다.

"사또 영감한티 허락 맡었수?"

몽룡의 표정이 시무룩하다.

"아버진 워낙 관아 일로 바쁘셔서⋯⋯."

방자가 픽 웃었것다.

"그래서 말도 못 붙여 보고 왔다는 거유?"

몽룡이 고개를 끄덕였다.

"그라믄 어쩔 셈이우?"

"나도 몰라. 방자 네가 알아서 해 줘."

"내가 알아서 해 줄래도 이것만은 그럴 수가 없구만유."

"네 옷 입고 그냥 나가자."

"큰일 날 소리 허고 있소, 시방! 문지기들이 되련님 얼굴을 다 아는디 나가긴 어디 나가요? 사또 영감한티 일러바치믄 에

먼 나까지 혼난단 말이유."

"그럼 할 수 없네. 단오 때처럼 어머니한테 가서 허락 맡을
수밖에."

"그렇게라도 해유 그럼. 알리고 나가야 문지기들이 가만있
을 것 아니유."

몽룡은 바로 어머니한테 갔것다.

"어머니, 오늘이 칠석날인데요……."

"칠석날이 너랑 무슨 상관이누?"

"만복사라는 절에 가서 사람들 구경도 하고 제 소원도 빌고
싶어서요."

"아니, 공맹을 섬기는 유가 집 자제가 절집 명절에 간다고?"

"칠석날엔 유생들도 절에 가서 소원을 빈답니다. 저도 과거
에 빨리 붙게 해 달라고 칠석 불공을 드려야겠습니다. 저기, 한
양 인왕산 칠성암에선 과거 보러 조선 팔도에서 모인 유생들
이 앞다투어 칠석 불공을 드렸잖아요. 남원 만복사는 만 가지
복을 주는 절이라 하니, 이참에 저도 가서 복을 빌어 볼까 합니
다. 더구나 세상 풍속을 알려면 그런 것도 눈에 담아 두어야 할
것 같아서요."

"아버지 아시면 불호령 떨어질 텐데?"

"그러니까 어머니만 살짝 알고 계시면 되잖아요."

몽룡은 간신히 어머니의 허락을 받아 냈것다. 그다음엔 점
심을 어떻게 먹었는지 저녁을 어떻게 먹었는지 모르고, 해가

떨어지자마자 몽룡은 방자를 앞세워 관아를 나왔것다.

"나귀고 뭐고 탈 것 없이 어서 가자!"

"절간이라 나귀 매 놓을 디도 마땅찮긴 혀유."

방자와 몽룡이 다 된 저녁에 바깥나들이를 가는 걸 문지기들이 의아해했으나, 어머니한테 허락 맡고 만복사로 칠석 구경 가는 참이니 아무 소리 말라고 입막음까지 당당히 했것다.

몽룡과 방자가 만복사에 이르니 촛불을 밝힌 연등이 여기저기 걸려 있었다. 연등은 어슴푸레한 초이레 달빛 아래 초롱초롱한 빛을 뿜으며 매달려 있었다. 절 마당은 사람들이 장이 선 것처럼 북적대니 몽룡은 정신이 없었다. 눈알을 열심히 돌리며 춘향이 어디 있나 살폈것다. 여자들 분내가 코끝을 간질였다. 기분 좋은 냄새였다. 다행히 자신을 알아보는 이는 없었다. 그래서 실컷 여자들을 훑으며 눈요기를 했다.

종소리가 길게 은은히 울리는가 싶더니 사람들이 석탑 주위로 모여들어 원을 그리며 돌기 시작했다. 모두들 두 손을 모아 합장을 하고 입으론 열심히 뭔가를 외워 댔다.

방자가 여자들한테 넋 잃은 몽룡을 팔꿈치로 슬쩍 쳤다.

"뭘 그렇게 열심히 보시우? 우리도 탑돌이나 합시다."

"타, 탑, 탑돌이? 그래. 그런데 어떻게 하는 거냐?"

"넘들 하는 대로 따라 하믄 되제."

몽룡이 두 손 모아 합장을 하니 방자가 한 말씀 거들었것다.

"손은 그리믄 되았고, 입으로 소원을 빌믄서 돌믄 되유."

"춘향이 만나게 해 달라고?"

"그보다 먼저 과거 급제 해 달라고 해야지라."

"나는 춘향이가 더 급해!"

"아무리 급혀도 바늘허리에 실 묶어서 못 쓰고, 가마솥의 콩도 삶아야 먹을 수 있는 법이다요. 그란께 조바심 내지 말고 기다릴 건 기다려 감시롱 좀 차근차근하게 하슈."

사람들은 아무 소리 없이 탑을 한 바퀴 두 바퀴 돌다가 삼현 육각 잡힌 풍악 소리가 울려 퍼지자 일제히 염불을 외기 시작하는구나.

나무아미타부울관세음보사알
도세도세백팔번뇌랑벗어나게
탑을따라백팔번맞춰돌아보세
한번돌고나면다리병없어지고
두번돌고나면무병장수팔십에
세번돌고나면극락왕생이라네
백팔번돌고나면온갖근심없네
탑돌고나면부처님가피입으니
도세도세탑따라밤새도록도세
나무아미타부울관세음보사알

몽룡은 사람들이 외는 주문 같은 염불은 귀에 들어오지도 않았다. 앞사람도 여자, 뒷사람도 여자였으니 그럴 수밖에. 그저 여자들 치맛자락 밟지 않으려고 조심하면서 머릿속으론 오로지 춘향이가 나타나기만을 빌고 또 빌 뿐.

춘향아어서와라나비되어꽃보러왔다
벌써물이차서기러기가와서기다린다
칠월칠석딱맞추어견우되어내가왔다
오작교있든없든직녀되어어서나와라
몇바퀴돌고나니머리까지돌지경이다
그러니더숨지말고어서나와짝이되자

몽룡이 중얼중얼하는 바로 그 순간, 방자가 몽룡이 옷깃을 급히 잡아끌었것다.

"왔슈!"

"저, 엉, 마, 알?"

몽룡은 믿어지지 않아 더듬거렸다. 사람들이 탑을 돌고 나면 부처님 가피 입는다고 외더니, 바로 지금 이 순간 자신의 바람을 부처님이 들어주었다는 생각만 들 뿐이었다. 드디어 만복이 다 이루어지는 것이로다.

5장
남녀칠세부동석, 남녀십육세자철석

방자가 춘향이와 향단이를 발견하고 그 사실을 알리자 몽룡은 좋아 어쩔할 바를 모르는구나. 방자는 몽룡을 연방죽 가로 데려가 세워 놓고 물 찬 제비처럼 벌써 두 계집에게 가서 수작을 부렸것다.

"오래 기다렸구만 인자 오는 것이여?"

방자 말에 아무 대꾸 없이 향단은 막바로 몽룡부터 찾았다.

"새끼 사또는 어디 있다?"

"새끼 사또가 뭐냐? 우리 되련님한티."

"음마마! 이 머시마 하는 말 좀 봐라잉. 내가 그 도령이 누군지 알기나 허겠냐? 지가 저번 날 새끼 사또라고 했음시롱."

"으흠, 향단아 너 뭔 말을 고로코롬 하냐? 말투를 쪼깐 보드

랍게 해야 쓰겄다."

"내 말이 어때서?"

"자고로 관아살이 지대로 할라믄 말뽄새부터 보드라워
야……, 잉? 내가 시방 뭔 말을 하고 있댜."

"나는 고두쇠 너처럼 관아살이 할 일 없은게 신경 꺼라잉."

방자와 향단이의 수작이 길어지자 춘향이 더 못 참고 끼어
드는구나.

"니들 둘은 만나기만 하믄 사랑싸움 하는 것이여, 뭐여? 사
람 옆에 놔두고 언제까지 이러고 있을 셈이여?"

"맞어. 내 정신 좀 봐. 시방 우리 되련님이 쩌그 연방죽에서
기다리고 있단께."

춘향이가 샐쭉 토라진 투로 대꾸했것다.

"꽃은 여그 있는데 나비는 어디서 뭘 허는 것이여?"

"니가 꽃이 어쩌구 물이 어쩌구 했잖이여. 연방죽이 딱 꽃
피고 물 있는 디잖이여."

"그 도령, 쉬운 말도 참 어렵게 알아묵는구만."

"나비가 쪼깐 덜 된 애벌레라서 그랴. 다른 디 가지 말고 여
그 있어라잉. 내 얼른 가서 되련님 모시고 올게."

방자는 불알에서 말방울 소리가 날 정도로 걸음을 재게 놀
려 몽룡이 있는 연방죽 쪽으로 부리나케 뛰어갔다. 그새 몽룡
은 볼이 잔뜩 부은 채 방자를 보자마자 골을 냈것다.

"춘향이를 만들고 있었느냐?"

"아따 고새 또 토라졌구만. 춘향이를 만들라믄 늙은 월매하고 배를 맞춰야 되는디, 나는 그런 밑지는 장사 안 허우. 난 아직 팔팔한 씹팔 세유."

"미치겠네. 내 말은 그게 아니잖아. 날 따돌려 놓고 너만 재미 본 거 아니냐고?"

"아따, 누가 따돌렸다고 그래유? 다 일이 되게 할란께 미리 자락 쪼깐 펼쳐서 까느라 그랬구만. 송곳도 끝부터 들어가듯이 일에는 다 순서가 있는 것이제."

"자락 펴서 까는데 뭔 시간이 그렇게 오래 걸려? 그리고 송곳이 끝부터 들어가면, 네가 송곳 끝이냐?"

"뎬장 뎬장! 말귀도 징하게 못 알아묵네."

"내가 무슨 말귀를 못 알아먹는다고 그래?"

"세상일이란 것이 아무리 급혀도 우물에 가서 숭늉 못 먹고, 급하다고 갓 쓰고 똥 쌀 수 없고, 밑 먼저 씻고 똥 눌 수 없잖소? 그래서 두 계집 만나 차례차례 순서를 밟은 것 아니요. 오랜만에 봤는디 인사치레 할 틈도 없이 일이 진행되는 줄 아슈? 치사는 못할망정 이게 뭐유? 나는 가 볼란께 인자부턴 되련님이 알아서 해 보슈."

방자가 짐짓 심술을 부리자 몽룡은 다시 매달릴 수밖에.

"내가 방자 형님 없이 어떻게 혼자 해 보냐? 골내지 말고 같이 가자."

"진작에 고렇게 나와야제. 자, 갑시다!"

방자와 몽룡은 사람들을 헤치고 나아갔다. 춘향이와 향단이는 절 마당 한쪽, 돌로 깎은 장승 모양의 석인상이 있는 곳에서 둘을 기다리고 있었것다. 춘향이는 잠깐 벗었던 장옷을 다시 뒤집어썼다. 남원 고을 높디높은 사또 자제 이몽룡 소문이야 진작에 들어서 알고 있었지만, 정작 얼굴을 맞대고 볼 생각을 하니 가슴이 벌렁거리는 건 어쩔 수 없구나.

"향단아, 고두쇠 안 보이냐?"

향단이가 목을 빼고 살펴보았것다. 어둠 속에서 이쪽으로 오고 있는 이가 고두쇠 같았다. 옆에는 사또 자제 이도령이 붙어 있는 것 같은데, 고두쇠보다 키가 더 커 보였다.

"아가씨! 오고 있어유."

장옷을 뒤집어쓴 춘향이는 그 소리에 몸을 돌려 담벼락 쪽을 마주했것다. 아무리 견우 직녀 만나는 칠석날이라지만 남녀가 유별한 건 분명한 일이렷다.

방자는 몽룡을 데리고 춘향이 있는 곳으로 성큼성큼 걸어갔다. 몽룡은 긴장해 있는지 걸음걸이가 뻣뻣해 보였다. 방자가 그런 몽룡을 놀린다.

"시도 때도 없이 춘향이 타령하더니 막상 춘향이를 볼라고 헌께 겁나는 모양이지라우?"

"겁나긴……."

"근디 뭣 땀시 풀 먹인 광목맨치로 뻣뻣하다요?"

"이런 일 처음이라서 그렇지."

"그렇게 학수고대허드만 별일이네."

"문자 쓰지 마라. 내가 언제 학 모가지처럼 길게 빼고 기다렸단 말이냐?"

"인자 딴소리하는 것 봐. 이 방자 형님 닦달할 때는 언제고……. 그라고 나도 명색이 책방 방잔디, 문자 쪼깐 쓰기로서니 뭐가 잘못이유?"

"암튼 잔말 말고 춘향이부터 찾아보아라."

"벌써 찾아서 쩌그다 세워 놓고 왔는디 또 찾을 것 뭐 있다요."

드디어 넷이 만나는 순간이로다. 어슴푸레한 달빛이지만 연등불이 있어 거의 얼굴을 알아볼 정도라 청춘남녀 넷은 어렵지 않게 접선했것다. 몽룡은 조금 전과는 달리 아주 당당하게 양반집 도령 티를 내는구나.

"나는 몽룡이라 하는데, 누가 춘향인고?"

묻는 품을 보니 관아 동헌에서 아랫것들 내려다보며 잔뜩 위엄을 보이는 사또 꼴로, 새끼 사또라 할 만한, 딱 그 짝이렷다.

"내가 춘향인디 무슨 일로 날 보자 했소?"

춘향이가 장옷으로 얼굴을 더 가리며 바로 맞받아쳤것다.

몽룡이 춘향이 낸 수수께끼를 들어 대꾸했다.

"꽃 있으면 나비가 찾는 게 땅의 이치고, 물 있으면 기러기 날아오는 게 하늘의 이치렷다."

이 대목에서 방자가 가만있겠는가.

"얼레, 언제까정 꽃 타령 물 소리만 하고 있을 거여? 봄꽃도 한때고 여름 물도 흘러가믄 그만인께 어서어서 진도 빼더라고 잉. 밤은 짧고 갈 길은 먼디 후딱후딱 본론으로 안 들어가고 뭐 하고 있다냐, 시방."

방자는 더는 못 참겠다는 듯이 짐짓 큰 소리를 낸 다음 향단이 손목을 잡아끌고 자리를 피해 준다.

"얘, 방자야!"

몽룡이 급히 방자를 부르지만 방자는 향단이와 함께 이미 사람들 무리 속으로 섞여 들어가 버렸구나. 둘만 남은 몽룡과 춘향은 바야흐로 탐색전에 들어갔것다.

"얘, 춘향아! 내가 너를 보기까지 얼마나 오매불망 그리워했는지 아느냐?"

"내가 그 속을 어떻게 알겠소."

"한양에까지 네 명성이 자자하여 내 이생에 기어코 너를 보고서야 다른 일을 하리라 일찌감치 다짐하였느니라. 그래서 칠석날을 맞이하여 직녀를 만나는 견우의 심정으로 나왔느니라."

"남원 고을 하찮은 소녀가 어찌 그 먼 한양에까지 알려졌단 말이우?"

춘향이 싫지 않은 음색으로 답하는구나.

"꽃이 향기가 너무 진하고 물이 넘쳐 난 까닭 아니겠느냐."

몽룡이 춘향이 쪽으로 바짝 다가갔것다. 춘향이 운찔하는 성싶더니 그대로 있구나. 춘향이 몸에서 풍기는 분내가 은은하게 스며들었다. 얼마나 맡고 싶던 내음인가. 몽룡은 지금 자기가 꿈을 꾸고 있는 것이나 아닌지 허벅지를 살짝 꼬집어 보았다. 꿈은 아니었다. 그렇다면 이게 웬 만복인가, 축복인가.

"춘향아, 네 얼굴 좀 보게 장옷 좀 내려 보아라."

"이 어두운 디서 뭘 보시겠다고 그러세유."

"연등 불빛이 과히 어둡지 않구나."

몽룡이 춘향이 쓰고 있는 장옷을 벗기려 들자 춘향이 스스로 장옷을 내린다.

"아!"

몽룡이 입에서 저절로 탄성이 나오는구나.

"과연 듣던 그대로 미인이구나! 화첩 그림 속의 미인이 살아 화첩 밖으로 걸어 나온들 춘향이 너만 하겠느냐!"

"과분한 말씀이옵니다."

춘향이 짐짓 겸손한 말투로 자세를 낮추자 몽룡은 더욱 몸이 달아오르는구나.

"아니다, 내 평생 너 같은 미인은 처음 본다. 명성이 헛소문이 아니었고, 내 마음이 끌린 게 예사로운 일이 아니었도다."

몽룡은 기껏 열여섯 해를 산 자신이 평생 어쩌고저쩌고 한 게 쑥스러웠다. 그러나 무슨 말이든 춘향이를 칭송하는 말이면 마구 하고 싶어지는 걸 어쩌나. 자신의 입담이 달리는 게 한스러울 뿐이렷다. 이런 때는 멋진 시 한 수가 저절로 나와 주어야 하는데, 머리가 하얘지면서 아무 생각도 안 나는 게 다 공부 안 한 탓이렷다. 이럴 줄 알았으면 당송팔대가 시문은 놔두고 선배 한량들 시조라도 착실히 읽어 둘걸.

"춘향아, 우리 여기서 이러고 있을 게 아니라 어디 가서 편히 얘기 나누자꾸나."

"여긴 절간이라서 따로 갈 만한 곳이 없사옵니다."

춘향은 저절로 공손해지는 자신의 말투에 스스로 놀랐다. 참 별일이었다. 게다가 몽룡이 쓰는 한양 말투로 대거리하고 있었으니.

"절에 가서도 눈치만 빠르면 새우젓도 얻어먹는다 했는데, 아무러면 우리 둘이 가 있을 만한 데가 없겠느냐?"

말은 그렇게 했지만 몽룡은 만복사에 대해 알고 있는 게 아무것도 없었다. 그러니 눈치 빠르게 뭘 하고 말 것도 없었다. 이럴 때는 자칭 눈치코치 합이 19단인 방자가 있어야 하는데 방자는 향단이랑 벌써 사라지고 없다. 몽룡은 방자가 향단이 손목을 잡고 사라진 쪽을 바라보았다. 그러나 방자는 눈에 띄지 않았다.

'나는 여기다 두고 저만 재미 보러 가 버리면 어떡해……'

몽룡은 속으로 투덜거려 보았지만 기실 방자는 자리를 피해 준 것이어서 대놓고 원망을 할 거리는 아니었으니. 한참을 기다려도 방자는 나타나지 않았다.

그렇다고 마냥 서서 이러고 있을 수만도 없는 일이었다. 무언가 춘향이에게 말을 걸어 쑥스러움을 없애고 사랑의 진도도 나가야 할 터였다. 몽룡은 아랫배에 힘을 주고 턱을 당긴 채 가슴 깊이 숨을 들이마셨다. 어떡하든 오늘 저녁 춘향이하고 가까워져야 하리라. 그래도 명색이 사내 아닌가. 사내대장부로서 일생일대 가장 긴요한 일을 만났는데 그냥 물러나서야 되겠는가. 그러나 생각해 보니 춘향이에 대해 아는 게 별로 없었다. 방자가 구체적으로 가르쳐 준 게 없는 것이었다. 자신도 그저 춘향이를 보고 싶다는 마음뿐이었지 깊이 알아본 것도 없었으니.

"애, 춘향아! 방자하고는 소꿉동무라면서?"

기껏 입에서 튀어나온 말이라는 게 이런 싱거운 소리였다.

"어려서부터 이웃에 사는지라 늘 어울려 지냈사옵니다."

몽룡은 목욕할 때 방자가 망을 봐 줬다는 말이 떠올라 확인하고 싶었으나 차마 물어볼 수는 없었다. 그래서 빙 에둘러 말을 해 본다.

"어렸을 땐 뭐 하고 놀았더냐?"

"글쎄, 인자 기억도 잘 나지 않습니다. 남녀칠세부동석이라 점점 자라면서 내외를 했으니까요."

"그렇지. 남녀 칠 세면 벌써 한자리에 있으면 아니 되지. 당연히 부동석해야지. 근데 지금 몇 살 되었느냐?"

"이팔 십육으로 꽉 찬 이팔청춘 열여섯이옵니다."

"어, 그래? 나는 사사 십육으로 버릴 것 하나 없는 십육 세인데!"

몽룡은 자기도 모르게 두 주먹이 불끈 쥐어지며 기운이 막 솟는 것 같았다.

"천생연분이로고! 그럼 태어난 일시는 어떻게 되느냐?"

"부처님 태어난 사월 초파일 한밤입니다."

"그래? 그것참 요상하구나. 나는 사월 초파일 저녁상 물린 바로 뒤인데!"

"그럼 도련님과 제가 한날 비슷한 시간에 태어난 것이란 말입니까?"

"그렇지, 그렇지. 그러고 보니 우리가 만난 오늘도 바로 사월 초파일 버금가는 절 명절 아니냐. 게다가 견우 직녀처럼 우리가 만났으니, 이런 걸 하늘이 낸 인연이라 하지 않으면 뭐라 이르겠느냐? 우리 어머니가 날 잉태하실 적에 우리 아버지가 한 무릎만 뒤로 더 물렸거나 네 어머니가 너 잉태하실 적에 네 아버지가 한 무릎만 바짝 더 앞으로 당기셨으면 우리는 태어난 시도 같을 뻔했구나!"

"어찌 그런 것까지 계산을……. 그래도 다행입니다. 제가 도련님보다 조금 나중에 태어났으니까요."

"그렇지, 그렇지! 같은 시에 태어난 것보다 잠깐 사이를 두고 연이어 태어났으니, 날 따라 네가 세상에 왔구나! 날 만나기 위해 네가 하늘에서 이 세상으로 내려왔어! 우리 만남은 우연이 아니구나!"

몽룡은 너무나도 좋아 덩실덩실 춤이라도 출 태세였다.

"좋다, 좋아! 동갑에 한날 한밤에 연달아 태어난 너와 내가 하늘이 맺어 준 배필이 아니면 무엇이란 말이냐! 우린 아마도 전생부터 인연이 있었던 모양이다. 그러지 않고서야 어찌 이런 경우가 있겠느냐?"

몽룡이 지금까지 머뭇거리던 자세에서 벗어나 춘향이 손을 덥석 쥐었것다. 춘향이는 온몸이 짜르르하며 벼락 맞은 대추나무마냥 온몸에서 순식간에 진액이 다 빠져나가는 것만 같으니, 이 무슨 조화인고.

"얘, 춘향아! 내가 너를 만나려고 아버지가 남원 고을 부사로 오게 되었나 보다. 더구나 책방 방자로 네 소꿉동무 고두쇠가 들어와 나랑 너를 이렇게 이어 주기까지 하니 이게 다 예삿일이 아니구나. 이게 삼생의 인연 아니고 무엇이겠느냐!"

몽룡은 신이 나서 마구 떠들어 댔다. 춘향은 정신을 차릴 수가 없었다. 몽룡과 인연은 인연인 것 같은데, 철들고 난 뒤로 이렇게 사내와 단둘이 있어 본 적이 없어 얼떨떨하기만 했다. 소꿉동무 고두쇠하고도 향단이 없이는 따로 본 적이 없을 정도였다. 그런데 지금 처음 본 몽룡은 자기 손을 쥐고서 좋아하며 어쩔 줄을 몰라 한다. 춘향이가 슬며시 손을 뺐다. 몽룡이 잠깐 머뭇거리는가 싶더니 다시 손을 쥐었다.

"남녀 칠 세엔 부동석이지만 남녀 십육 세면 자철석이라, 처녀 총각이 제 짝 찾아 만나면 저절로 붙게 되어 있느니라. 너도

시경을 읽어 알겠지만, 물새는 암컷 수컷 서로 불러 짝을 지어 물가에서 놀고 요조숙녀는 군자의 좋은 짝이라 했다. 이제 드디어 평생 그리던 내 짝을 만났구나. 더구나 우리는 삼생의 인연으로 만나지 않았느냐. 그러니 가만있으렴……."

몽룡은 춘향의 손을 더 꼭 쥐었다. 춘향은 뭔가에 홀린 듯했지만 제 스스로는 몸도 가누지 못할 만큼 정신이 아득해지는 것만 같아 몽룡에게 손을 맡긴 채 엉거주춤 가만히 있을 수밖에 없었다.

춘향은 몽룡한 채 그대로 있고, 몽룡은 먹잇감을 보고 입 터진 제비 새끼들 지저귀듯이 마구 재잘거렸것다.

"춘향아, 오늘 우리가 드디어 만나 상견례를 하였으니 내일 또 만나 맷돌처럼 아주 한 짝이 되자꾸나. 오늘은 사람들 이목도 있고 마땅한 자리도 찾기 어려우니, 내일 내가 너의 집으로 가마."

춘향이 움찔했다. 몽룡이 진도를 마구 빼는 것 같아서였다.

"그건 좀 어렵겠습니다. 과년한 처자 집에 점잖으신 사또 자제께서 왕림하시면 좋지 않은 소문이 납니다."

"그건 걱정 마라. 방자하고 같이 다니면 아무도 이상하게 여기지 않을 것이다."

춘향은 더는 대꾸할 말이 나오지를 않았다. 연등 불빛 아래 드러난 몽룡은 이목구비 수려하고 키도 길고 미끄러웠다. 그런 한양 도령이 싫을 이유가 없었다. 게다가 남원 땅을 다스리는 사또의 자제가 아닌가. 하지만 이럴 땐 어찌해야 하는지 정말이지 잘 모르겠다. 자기만 남겨 놓고 사라진 고두쇠와 향단이가 은근슬쩍 고맙기까지 했다.

향단이 손목을 잡고 사라진 방자는 향단이와 함께 절 뒤편에 있는 요사채 곁의 우물가로 갔다. 방자는 석탑 앞을 지날 때 만복사 부처님과 윷놀이 비슷한 내기를 해 이겨서 탑돌이 하고 있는 귀신 처녀일망정 색싯감을 얻어 냈다는 양생이라는 총각이 떠올랐다. 부처님은 없는 색시도 만들어 주는데 자신은 이미 색싯감이 있다. 그렇다면? 부처님께 조만간 향단이와 혼인할 수 있게만 해 달라고 빌면 그만이다.

비록 하룻밤이지만 행랑채 옴팍한 방에서 사랑을 나눈 색시가 그만 귀신으로 밝혀졌을 때 양생은 얼마나 황당했을까? 그래도 양생은 지조를 지켜 그 귀신 처녀만을 그리며 지리산으로 들어가 평생 홀로 살았다지. 거기에 견주면 향단이는 귀신이 아니어서 생이별할 까닭도 없으니, 자기 혼자 지리산으로 떠날 일은 없으리.

우물가에는 벌써 여러 남녀가 쌍을 이루어 저마다 다정스레 속삭이고 있었다. 요사채 뜰에 앉아 있는 이들도 있었고 우물가 담에 기대어 있는 이들도 있었다. 정월 대보름 밤과 함께 오늘 밤도 청춘 남녀에겐 다시 없이 좋은 밤이다. 그간 먼발치에서만 바라보며 서로 애태우던 것을 떠나 내놓고 만날 수 있는 날이 아닌가. 방자와 향단이는 그들 사이에 엉거주춤 있다가 다시 법당 뒤쪽으로 갔다. 법당 뒤 섬돌에 걸터앉은 방자가 향단이를 곁으로 끌어 앉히며 웃었것다.

"헤헤, 우리가 이러고 여그 떡하니 앉아 있으믄 법당 부처님하고 같은 급으로 앉아 있는 셈이네."

방자에게 잡힌 손을 슬며시 빼며 향단이가 대꾸했다.

"부처님 보고 계신디 망칙하게……."

"망칙하긴, 부처님은 우리랑 등 대고 돌아앉아 있은께 보고 계시지 않아. 그라고 만복사 부처님은 총각 소원부터 들어주시거든."

"너는 양생이 아녀. 부처님이랑 내기한 것도 없잖아."

"내기할 것 뭐 있어. 내가 양생맨치로 색시가 없는 것도 아닌디. 그래서 너랑 빨랑 혼인날 잡게 해 달라고 떼만 쓰믄 그만이여. 근디 가만있자, 여그 있으믄 사람들이 부처님한티 하는 절을 다 받아묵는 셈이겄네. 다 우리헌티 절하는 꼴이잖이여."

"그건 그려."

방자는 섬돌 위로 두 발을 다 올려 가부좌를 틀고 앉았다.

"어뗘? 그럴싸하제?"

"니 그런다고 부처님 안 된께 발 풀어라잉. 개 꼬랑지가 여우 꼬랑지 되는 것 봤냐?"

"뎬장 맞을! 향단이 너, 나한티 너무 야박하게 그라지 마라잉. 그려도 우리 되련님은 나를 얼마나 인정하는디."

"그야 엉큼힌 속셈이 따로 있이 니를 부려 먹을라고 그라겄

제."

"엉큼하긴, 그 나이 되믄 다 불이 나게 되아 있어. 넘의 사정이 다 내 사정이라 내가 한 수 가르쳐 주긴 한다만……."

방자가 말을 마치는가 싶더니 순식간에 향단이의 입술을 덮쳤다. 향단이가 휙 고개를 돌렸것다.

"어어, 왜 이려?"

"가만있어 봐."

"넘들 보믄 으짤라고 그랴. 넘사스럽게시리."

"보긴 누가 본다고 그랴. 법당 부처님도 등 돌리고 앉아 있다니께."

둘은 한참을 그렇게 붙어서 서로의 입술을 탐했것다. 처음엔 두 입술만 달싹거리는가 싶더니 이내 곧 동굴 문이 열리고, 방자의 혓바닥 설(舌)거사가 재빠르게 향단의 동굴 안으로 밀고 들어갔것다. 향단은 숨이 막힐 것만 같았지만 방자의 혀를 그대로 받아들일 수밖에 없었으니. 주막거리 누런 똥개들이 흘레하듯 오랫동안 붙어 있던 둘은 마침내 입가에 흘린 침을 혀로 핥으며 떨어졌다.

"오메, 징한 놈! 뭔 혓부닥이 그케 힘이 세다냐? 부사리 들이받듯 인정사정없이 마구 디밀믄 어떡혀?"

"헤헤, 인자 제대로 알았쟈? 혓부닥 어따 쓰는지?"

"어따 쓰긴……. 그놈의 혓부닥 때문에 숨 막혀 죽는 줄 알았잖이여!"

"자고로 헛부닥 공사하다 숨 막혀 죽은 일은 없은께 너는 염려 확 붙들어 매도 될 것이여, 에헴."

향단이가 주먹으로 가볍게 방자의 가슴을 치는데, 방자는 그제야 몽룡이 생각이 떠오른 모양이렸다.

"그나저나 어린것들은 시방 뭐 하고 있을끄나?"

향단이가 볼멘소리를 낸다.

"뭐 하긴? 우리처럼 흘레붙고 있을까 봐?"

"그것도 아무나 하는 것이 아니제. 우리 수준 될라믄 한참 멀었어."

"그라믄 둘 다 유식하여 문자 속 깊을 틴께 진서로 고상한 말 주고받고 있겄제."

"쳇, 사랑 놀이 하는 디 진서가 뭔 필요여. 그냥 원초적으로다가, 본능적으로다가, 자연적으로다가, 몸뚱이 뻗치는 대로 하믄 되제."

방자가 팔을 뻗어 향단의 허리를 휘감으려 하자 향단이가 내쳤것다.

"아이구, 징그러워. 그만혀!"

"징그럽긴, 이런 것 안 하고 어른 되는 사람이 어디 있다야. 넘들도 다 허는 것인께 너무 그라지 말더라고잉."

"알았어. 알았은께, 인자 가 보자잉. 우리 아가씨가 나 찾을지 몰러."

향단이가 엉덩이를 탈탈 털며 일어서니 방자도 아쉬움 더 어쩌지 못하고 따라 일어날 수밖에.

"근디 애들은 어디 가서 안 오는 거여?"

그 무렵 춘향이가 어색하기 짝이 없어 평소에 쓰던 말투로 고두쇠와 향단이를 들먹이자, 몽룡이는 괜스레 헛기침을 하며 애먼 땅바닥만 발로 비벼 댔다.

몽룡도 딱히 할 말이 없어 방자를 찾는다.

"방자 이놈이 어디 갔나?"

춘향이 대답이 맹맹하다.

"탑돌이 끝나고 불공 다 드렸으믄 어서 올 일이제……."

바로 그때 방자와 향단이가 어기적어기적 다가오는 모습이 춘향이 눈에 띄었것다.

"저기 오는가 보네유."

방자와 향단이 여유롭게 다가오는 모습을 보니, 몽룡이 괜히 멋쩍고 춘향이 또한 쑥스럽구나.

방자, 몽룡을 보고 툭 한마디 건넨다.

"잘들 놀았슈?"

몽룡은 뒤통수만 긁적이고, 춘향은 장옷을 뒤집어쓴다.

"왜들 이러고 있는 것이유?"

"뭘?"

몽룡이 쑥스럽게 툭 한마디 내뱉었것다.

"두 사람이 만나자마자 싸운 것이여?"

"싸우긴……."

"근디 왜 이런 어색한 그림을 보여 준단가?"

"허허, 참새가 어찌 붕새의 속을 알리오."

"붕새? 붕알새 말이여? 난 그런 새 본 적 없는디……. 근디 시방 나보고 참새라 한 것이유?"

"뭘 모르면 너무 짹짹거리지 말란 뜻이로다."

"음마? 되련님이 으째서 갑자기 어른 흉내를 내고 그란댜?"

"알았어. 알았으니까 나중에 얘기하자."

몽룡은 앞장서 절 마당을 벗어나기 시작했다. 절 마당은 여전히 북적거리고 있었다.

"어디로 가는 거유?"

"어디긴? 관아로 가야지."

"벌써유?"

"너무 늦기 전에 들어가야 내일 또 나오지."

"내일 바깥나들이를 또 한다고라? 견우 직녀는 내년 칠석날이 되어야 다시 만나는디……."

방자, 잠시 발이 뒤엉켜 휘청거리는구나.

6장
새끼 사또가 방자 모시고 왔다

만복사에서 춘향이를 만나고 온 몽룡은 몸과 마음 모두 흥
분 상태에 빠져 도무지 잠을 이룰 수 없었것다. 그도 그럴 것
이, 춘향이의 미모가 소문보다 훨씬 더 빼어난 데다 자신을 거
부하지 않고 받아 주었기 때문이다. 행여 춘향이가 내치면 어
쩌나 하는 걱정이 없지 않았는데 춘향이도 자신이 싫지 않은
것 같았다. 더구나 춘향이의 부드러우면서도 당찬 말투는 온
몸을 찌릿찌릿하게 하였것다. 세상에 태어나 이런 황홀한 일
이 어디 있겠는가.

이게 다 복을 잘 타고난 까닭이리라. 마침 아버지가 남원 부
사로 내려오게 되고, 춘향이 소꿉동무인 고두쇠가 책방 방자
로 들어온 것 모두 예삿일이 아니리. 나중에 한양 동무들이 알

104

면 시샘이 나서 죽을 것이다. 생각만 해도 통쾌하고 가슴이 벌떡거렸다. 어떡하든 흥분을 가라앉히고 잠을 자야 되는데 너무 좋아 잠이 싹 달아나 버렸것다.

거의 뜬눈으로 밤을 새우고 새벽녘에 깜빡 잠이 들었는데 방자가 세숫물을 대령해 놓고 깨우는구나.

"되련님! 해가 시방 하늘 한가운디를 다 차지하고 있소. 여즉 자고 있으믄 어떡하오? 빨랑 일어나 세수하슈."

몽룡이 자리에서 미적거리다 가까스로 일어나 눈을 비비며 방을 나서자 방자가 미운 소리를 한다.

"밤에 잠 안 자고 뭐 했간디 눈이 토끼 눈맨치로 뻘거유?"

"방자 왈, 방자 가로되, 방자 가라사대, 두루두루 열심히 읊느라 도시 잠을 잘 수가 있어야지."

"인자 입술에 침도 안 바르고 거짓말도 상당허게 하네유. 방자 왈은 무슨……. 춘향이 분내에 취해서 잠을 못 잤구만유."

몽룡이는 춘향이라는 말에 귀가 번쩍 뜨였것다.

"우아! 그걸 어떻게 알았어?"

"이 몸이 나이 헛묵은 줄 아시유? 건너다보믄 절터고 내려다보믄 집터유. 괜시리 눈치코치 씹구 단인 줄 아시우?"

몽룡은 방자 입에서 때때로 터져 나오는 '눈치코치 씹구 단'이라는 말이 이제는 무척 정겹고 그럴싸하게 느껴졌것다.

"맞아. 책방 도령 몽룡이 다 인정한다. 방자 형님 눈치코치는 절간에서도 새우젓 언어머을 수 있는 실력이다!"

"아침부터 호들갑 그만 떨고 세수부터 허슈."

"참 나, 이젠 치켜세워 줘도 지청구네."

방자는 속으로 씁쓸했다. 춘향이가 자기한테는 데면데면하다 못해 어느 순간 쌀쌀맞기까지 하더니, 몽룡에겐 어찌했기에 이리 좋아하나.

"춘향이 만나고 온 것이 그케 좋슈?"

"좋지! 근데 너는 안 좋냐?"

"내가 좋을 게 뭐 있겠수?"

"하긴……. 춘향이가 방자 너보단 나를 더 좋아하는 것 같더라고."

방자가 픽 웃었다. 이 어린 도령이 별 생각을 다 하고 있구만. 방자, 씁쓸하지만 짐짓 능청을 아니 떨 수가 없것다.

"아직 젖비린내 나는 춘향이 같은 애는 난 흥미 없슈."

"그렇지? 넌 춘향이한텐 흥미 없지? 내가 보니 너한텐 향단이가 훨씬 더 어울려!"

"생각은 되련님 자유인께 맘대로 생각하슈."

방자가 세수 끝낸 몽룡에게 수건을 건넨다. 몽룡은 수건으로 얼굴을 훔치면서도 싱글벙글이다. 방자는 몽룡이 좋아하는 티를 내면 낼수록 속이 상했것다. 멱 감을 때 슬쩍슬쩍 본 춘향이 알몸이 눈앞에 삼삼하게 그려진 탓이었다.

'고것이 결국 나보다 몽룡이가 더 좋다 이 말이제. 으이구, 속 터져!'

어쩔 수 없는 일이었다. 자신은 하인이고 몽룡은 주인이다. 그것도 남원 고을에선 가장 윗자리에 앉아 있는 사또의 아들이다. 올라가지 못할 나무는 애초에 쳐다보지도 말아야 할 것이다. 바늘 가진 놈이 도끼 가진 놈 이기는 법이라곤 하지만, 방자 자신과 몽룡의 처지는 달라도 너무 달랐다. 차이가 하늘과 땅만큼이나 큰 것이렷다.

춘향이처럼 얼굴 잘나고 글 잘하는 애를 어찌 쳐다본단 말인가. 언감생심이다. 그간 소꿉동무로 지낸 것만도 복이라면 복이렷다. 남원 고을에서 그 누가 자신처럼 춘향이와 가까이 지낼 수 있었겠는가. 춘향이와 살 비비며 본격적으로 뒤엉켜 보진 못했지만 자신만큼 춘향이 몸을 잘 아는 사내는 없을 것이다. 그것만으로도 감지덕지이다.

그래도 향단이하곤 확실히 매듭을 지어 놓지 않았는가. 향단이도 그만하면 자신에겐 과분하다. 얼굴도 밉상은 아니고, 성질도 수더분하니 무던하고, 몸피도 넉넉하여 복스럽다. 다만 글 배운 게 없어 진서는커녕 언문조차 가갸 뒷다리가 어떻게 되는지 한 글자도 모른다. 자신도 진서를 모르기는 마찬가지이다. 겨우 더듬더듬 언문이나 깨칠 정도이다. 어차피 사랑은 문자 속으로 하는 게 아니잖은가. 몽룡은 자신보다 문자 속이 깊어도 결국 자신의 도움으로 사랑을 찾아 나서지 않았는가. 그러고 보니 문자 속 깊지 않은 향단이와 사랑을 나누는 일에 전혀 어려움이 없었다.

방자는 애써 자신을 다독거렸다. 송충이는 솔잎을 먹어야 한다고. 그러니 굳이 갈잎을 먹으려 나설 필요가 없다고. 그 순간 두더지 혼사 얘기가 떠올랐다. 두더지가 해와 달하고 혼인을 했는가? 구름하고 혼인을 했는가? 바람하고 혼인을 했는가? 석불하고 혼인을 했는가? 결국 두더지는 두더지하고 혼인을 하지 않았는가? 그래, 나는 두더지다!

방자 속내야 어떻든 몽룡은 오로지 춘향이 생각뿐이다.

"방자야, 춘향이 집 멀지 않지?"

"십 리는 족히 될 것인디."

"십 리고 백 리고 오늘 저녁에 갈 수 있는 거지?"

"에헴, 나야 소싯적에 축지법을 배워 놔서 하루 저녁에 백 리도 갈 수 있제만 책방 되령이 갈 수 있겠소?"

"춘향이 만나러 가는 길은 백 리 아니라 천 리라도 갈 수 있다! 만복사도 걸어갔다가 왔잖느냐!"

"아이고, 두야!"

방자는 몽룡이 하는 꼴이 좀 어이없긴 했지만 이해가 안 되는 건 아니었다. 자신도 향단이와 매듭지을 때 얼마나 공을 들였던가. 그리고 저녁마다 얼마나 속을 태웠던가. 몽룡이 사또 자제라는 신분도 잊고 자기 앞에서 가리는 것 없이 구는 것이 한편으론 고맙기도 했다. 그럼에도 두 살이나 더 먹은 인생의 형으로서, 또 책방 방자로서 어린 도령을 잘 이끌어야 한다는 것을 생각하면 골치가 적잖이 아프기도 했다.

몽룡은 하루 종일 책방에 틀어박혀 있었다. 전에 없는 일이었다. 중대 거사를 앞두고 웬일인가 싶었다. 방자는 방문을 살짝 열고 들여다보았다. 몽룡이 책상 앞에 붓을 들고 단정히 앉아 있었다.

"되련님 공부하는가 부네. 많이 했슈?"

"그럼!"

"근디 오늘은 왜 공자 왈 맹자 왈이 안 튕겨 나온다요? 하다 못해 방자 왈이라도 씨부렁거려야 되잖소."

"그렇게 왈왈거리는 것만이 공부가 아니니까 그렇지."

"그라믄 무신 공부 하고 있는 거유?"

몽룡이 붓을 놓고 책상 뒤로 한 무릎 물러났다.

"어휴, 이제 다 됐다! 이리 들어와서 이것 좀 보아라."

방자는 책상을 내려다보는 순간 뒤통수라도 한 대 맞은 것처럼 머리가 핑 돌았것다. 책방에서 왜 왈왈거리는 소리가 나지 않는가 했더니, 몽룡이 아침나절 내내 꼼짝 않고 그림을 그렸던 것이다.

"아니, 여그다 용모파기해 놓은 이가 누구요?"

"헤헤, 누군지 모르겠느냐?"

"관아에서 급히 잡아들여야 할 죄수라도 있소?"

"아니."

"고것이 아니믄, 인자 과거 공부는 꾀도 나고 자신도 없은께 그만두고 방향을 틀어 도화서 화원 시험이라도 볼 샘가이유?"

"아니."

"그렇다믄, 심심해서 대여섯 살 먹은 애들처럼 낙서를 해 본 것이유?"

"아니."

"허, 갑자기 애가 되었수? '아니'라는 말밖에 할 줄 모르다니! 이것도 아니고 저것도 아니믄, 뭣 땜시 여그다 이런 상판대기를 그려 놓았소? 다 큰 되령이?"

방자가 콧바람을 씩씩 불어 대며 마구 다그치건만 몽룡은 뭐가 좋은지 그저 실실 웃으며 태연자약할 뿐이렷다.

"저녁에 춘향이 잡으러 가려고!"

"엥? 그라믄 이 그림이 시방 춘향이 낯짝이유?"

"딱 보면 춘향이랑 닮지 않았느냐?"

"춘향이 낯부닥은커녕 뒤꼭지도 안 닮았소."

몽룡이 입을 삐쭉 내민다.

"네가 그림을 볼 줄 모르는구나!"

"볼 줄 모르긴 뭘 모른다고 그러슈. 누가 뭐래도 춘향이는 내가 제일 잘 아는디, 닮은 구석이라곤 암만 눈 씻고 찾아도 없구만유."

"네가 춘향이를 뭘 잘 알아? 춘향이를 제일 잘 안다는 놈이 이 그림 보고도 춘향이를 몰라봐? 너는 춘향이를 모르는 거야. 춘향이는 내가 제일 잘 알아!"

"비슷하게라도 그렸어야 알아보제. 이 그림 보고 누가 춘향

110

이를 떠올리겠소. 난 죄수 잡아들일라고 용모파기해 놓은 줄 알았구만."

"춘향이가 내 죄수다! 나를 사랑에 빠뜨린 사랑의 죄수!"

"허, 중증이고만!"

"무슨 말이냐?"

"고치기 어렵다는 말이우."

"무얼?"

"되련님 병."

"내가 뭔 병이 걸렸다고?"

"눈에서 콩깍지 떼어 내야 할 병."

"내 눈에 뭔 콩깍지가 씌었다고?"

"그러지 않고선 이럴 리 없제."

둘은 그림을 두고 한참을 옥신각신했것다. 그림의 먹물이 마르자 몽룡은 그림을 두 번 세 번 잘 접어 품 안에 넣는구나.

"얼레, 그걸 뭐 품에 넣기까지 허유?"

"춘향이를 잡으러 가야 하니까."

"춘향이 얼굴은 내가 눈 감고도 알아볼 수 있소."

"그건 네 사정이고."

"되련님 사정은 뭔데?"

"이 얼굴 그림에 사랑의 맹서도 적고 내 청춘의 다짐도 달아서 수결까지 놓고는 두고두고 가보로 물려줄 테야."

"춘향이기 싫다믄?"

"싫을 리가 있나."

"춘향이 코가 얼마나 높은디."

"그래 봐야 눈 아래 코다."

"콧대는 눈퉁이보다 더 튀어나와서 훨씬 더 높은디."

"맞는 말이야. 그렇게 높은 콧대라서 방자보다는 몽룡이를 택했겠지!"

방자는 더 말리고 자시고 할 필요를 못 느꼈다. 몽룡은 이미 춘향이에게 푹 빠져 무슨 말을 해도 자기 멋대로 끌어낸다. 이럴 땐 상대가 뭐라 하든 아무 소리 말고 대거리를 하지 않는 게 상수이리.

몽룡은 점심을 먹고도 오후 내내 책방에 틀어박혀 있으면서 혼자 중얼거리다 낄낄거리다 했것다. 문틈으로 몽룡의 모습을 들여다본 방자는 그때마다 확 문을 열어젖히고 싶었지만 그만 꾹 참았다. 방자는 고개를 갸웃거렸다. 아무래도 몽룡의 머리가 어떻게 된 것만 같았다.

해가 하늘 가운데에서 서쪽으로 살짝 기우는가 싶자 몽룡이 방자를 찾았것다.

"방자야, 나갈 채비하자."

"아직 해가 떨어질 생각도 하지 않는디, 나가긴 어딜 나간대유?"

"어딜 나가다니? 춘향이 잡으러 가야지."

"춘향이 잡아 올 거믄 사또 영감 허락 맡으시유."

"이런 일엔 그 영감 허락 없어도 되잖아."

"남원 고을 백성을 잡아 올라믄 고을 수령의 명령이 있어야 할 것 아니우?"

"아따 방자 너, 말귀 되게 못 알아듣는다."

"내가 또 뭔 말귀를 못 알아묵는다고 그러시우? 뜬금없이 죄도 없는 춘향이를 잡으러 간담시로라?"

"사랑의 죄는 당사자끼리 해결하는 일이지 사또가 끼어들 사안이 아니잖아."

"그렇다 혀도 사또 영감 퇴청이나 해야 관아 밖으로 나갈 수 있슈."

"네 말대로 아직 해가 떨어질 생각도 안 하고 있는데, 그 영감이 언제 동헌에서 나간단 말이냐."

"시간이 약인께 쪼깐 기다려 보슈."

"방자 네가 어떻게 좀 해 보면 안 될까?"

"내가 뭘 해 봐유? 해를? 사또 영감을?"

"우리 둘이 관아를 슬쩍 벗어나는 것 말이야."

"그건 기다려야 된단께요."

"방자 네가 궁리하면 다 방법 있잖아."

"나라고 무슨 용빼는 재주가 있겠소?"

"나 참, 방자 너 맘에 들었다 안 들었다 하는구나."

"사돈 넘 말 하고 있네유. 나는 아닌 줄 아슈? 나도 하루에도 몇 번씩 되련님이 맘에 들었다 안 들었다 허는구만유."

몸이 일단 달아오르자 몽룡은 계속 방자를 채근했것다.

"해 어디쯤 떨어졌느냐?"

"하늘 한가운데서 한 뼘 가웃 아래로 내려온 뒤로 꼼짝도 않고 있슈."

"그 해 몹시 나쁘다. 방자야, 동헌에 불 꺼졌느냐?"

"아직 불 켜지도 않았수."

"그 영감 참 나쁘다. 빨리 불 켰다 꺼야 할 것 아니냐!"

"날이 어두워져야 불을 켜든 말든 하지유."

"방자야, 해 제 집으로 들어갔느냐?"

"오도 가도 않고 있소. 해 지려면 아직 당당 멀었수."

"방자야, 동헌에 불 꺼졌느냐?"

"꺼지긴요. 인자 막 켰슈."

"그럼 그 영감 퇴청했느냐?"

"일이 끝나야 퇴청하지유."

"네가 어떻게 좀 해 보지?"

"내가 사또유? 뭘 어떻게 해 봐유?"

"사또 하는 일 어렵지 않다. 도장만 쾅쾅 박으면 되느니라."

"그리 쉬우믄 되련님이 가서 하슈."

몽룡은 방자를 붙들고 실없는 수작을 한참이나 계속하는구나.

마침내 어둠이 관아에 가득 찼다. 몽룡은 동헌에 불 꺼지고 아버지가 퇴청하기만을 기다렸것다. 오늘따라 사또는 일찍 물러가지 않으니, 몽룡은 애가 달아 죽을 지경이로다.

"다른 집 노인들은 일찌감치 집에 들어가 코 골고 뻗는데 우리 집 영감은 왜 이리 집에 빨리 안 들어가는 것이냐."

몽룡이야 애가 달든 말든 방자는 시큰둥하다.

"그야 고을 일이 막중하야 쉽게 손이 털어지지 않아서일 테지유."

"자기 아들 병난 사정도 모르는 사또가 고을 일은 뭘 얼마나 잘 알겠느냐."

"아들 병이야 머리 검은 짐승이믄 다 한 번은 걸리는 것인께 굳이 사또 영감이 나서서 돌볼 것까지야 뭐 있겠소."

"방자 너는 도대체 누구 편이냐?"

"편은 무슨……. 말인즉슨 그렇다 이 말씀이지유."

"방자야!"

"예, 되련님."

"웬일로 그리 순하냐?"

"뎬장 넨장, 새삼 왜 그러시우? 방자 이 사람은 항상 순합니다요."

"그래? 동헌에 불 꺼졌느냐?"

다시 몽룡의 실없는 수작이 시작되는구나. 방자는 은근히 짜증이 인다.

"되련님이 직접 가서 보고 오슈. 방자 다리 병나게 생겼슈."

"그러니까 사또 영감 빨리 퇴청시키라니까!"

"허, 참! 내가 안 시키나유?"

방자, 검지를 머리에 대고 빙빙 돌린다. 몽룡이 얼른 알아차리고 손을 내젓는다.

"나 머리 안 돌았다."

"근디 뭔 소리를 고로코롬 앞뒤 없이 하시우?"

"몰라서 묻느냐? 춘향이 때문에 그러는 것 아니냐."

그때 마침 사또 퇴청을 알리는 소리가 길게 났것다.

"하인들 물리랍신다~~!"

몽룡이 좋아라 박수를 쳤것다.

"이제야 영감이 물러가는가 보다!"

이윽고 동헌에 불이 꺼졌것다. 드디어 몽룡이와 방자의 활동 시간이 된 것이렷다. 어차피 때마다 허락을 맡고 나들이를 할 수 없는 노릇이었다. 그렇다면 이번부터는 둘이 알아서 눈치껏 바깥나들이를 해야 한다.

"방자야, 오늘은 또 어디 가느냐?"

관아 문을 지키는 문지기가 방자를 보자마자 가로막았것다.

"아따 형님, 오늘도 변함없이 고생 많으시우. 우리 되련님 모시고 밤마실 쪼깐 댕겨올라유."

문지기, 방자 뒤를 따라오는 몽룡을 보고 놀란다.

"누구랑 간다고? 어이쿠, 도련님 안녕하시유?"

"나는 안녕하네만, 자네가 고생이 많네."

몽룡이 아무리 지렁이 토룡 태몽으로 세상에 나온 인물이지만 어려서부터 보고 들은 가락이 있어 꾸물거리지 않고 제법 상전 티를 냈것다.

"형님, 이따 쪼깐 늦더라도 이해해 주슈. 안에서 찾으믄 바람 쪼깐 쐬고 온다 했다구 잘 말씀드리고유."

방자는 엽전 한 닢을 얼른 문지기 손에 쥐여 주며 관아 문을 나섰다.

"뭐 이렇게까지 안 해도 되는디……. 도련님, 그라믄 마실 잘 댕겨오세유. 오늘 파수는 제가 말뚝으로 보니께 아무 걱정 마시고유."

방자는 몽룡을 데리고 관아 담을 지나 주막거리를 지나 저잣거리로 나섰다가 다시 저잣거리로 주막거리로 빙빙 돌았것다.

"춘향이 집이 이렇게 멀어?"

"십 리는 족히 된다고 말했잖이유."

"춘향이 만나면 어떻게 해야 돼?"

"어떡하긴 어떡해유? 단도직입적으로다가 막바로 밀고 들어가세유."

"어떻게? 어떻게 밀고 들어가? 이런저런 말부터 해야 할 것 아니냐."

"그간 씹육 세라고 무던히도 재더니만 그나마 나이 헛묵었구만. 계집이랑 어떻게 해야 하는 것까지 내가 갈쳐 줘야 쓰겄소? 사랑은 말로 허는 것이 아니유. 더구나 진서 써 가믄서 혓부닥으로 유식헌 소리 허들 말고 몸으로 허슈, 몸으로!"

"몸으로 허란 말이지? 근데 혀도 몸이잖으냐? 혀로 민지 하는 것 아니냐?"

"되련님! 참말로 맹구 짱구같이 굴 거유? 혀 갖고 말만 씨부렁거리지 말고 쓸 데다 제대로 써 보시우. 사랑은 혓부닥에서 시작헌께!"

"혀는 말만 하는 것이 아니다, 이 말이지? 옳거니! 알았다, 알았어!"

"하여튼 춘향이가 진서 문자 써 감시롱 유식헌 소리 씨부렁거리더라도 거기 홀딱 말려들지 말고 틈을 노리고 있다가서니 되련님은 몸이 하자는 대로 해 보슈. 그게 진도 빼는 데는 최곤께!"

"방자 왈, 말려들지 마라! 틈을 노려라! 했것다. 알았어!"

몽룡은 벌써 몸이 찌릿찌릿하였것다.

마침내 방자는 몽룡을 데리고 이 골목 저 골목 이 거리 저 거리를 마구 휘젓고 다닌 뒤 다시 주막거리 있는 곳으로 돌아왔다. 몽룡은 눈치를 채지 못하고 아직 멀었느냐고 자꾸만 보챘것다.

춘향이 집은 주막거리에 있긴 했지만 주막 등은 내걸려 있지 않았다. 그건 이미 오래전 춘향이 어미 월매가 주막 일을 접은 까닭에 여염집 그대로였다.

춘향이 집 앞에 서자 방자는 아주 익숙하게 대문을 밀치고 안으로 들어섰것다. 두 방에 불이 켜져 있었으니, 하나는 월매 방이고 하나는 춘향이 방이렷다. 춘향이 방에는 향단이도 같이 있을 것이다.

인기척이 나자 개가 컹컹 짖어 댔다.

"야, 이놈의 똥개야! 나 고두쇠야, 인마. 아무리 오랜만에 본다고 나를 몰라보고 이러코롬 짖는 것이여?"

방자가 개 옆구리를 발로 걷어차자 개가 깨갱 소리를 냈다. 바로 그 소리와 함께 안방 문이 열리며 춘향의 어미 월매가 밖을 살폈것다.

"노랑아! 왜 그런디야? 엉? 저 시커먼 것이 뭐여? 거기 혹시 밤손님이시유?"

방자가 성큼 앞으로 나서며 인사를 했것다.

"밤에 왔은께 밤손님인 건 맞수. 아줌니, 그간 안녕하셨슈?"

"누구여?"

"저유, 고두쇠유."

"고두쇠가 이 밤중에 뭔 일이다냐? 시방 책방 방자로 들어가 있는 것 아녀?"

"맞아유. 근디 춘향이랑 약속이 있어 찾아왔어유."

"니가 우리 춘향이랑? 향단이가 아니고?"

그때까지 몽룡은 방자 등 뒤에 서서 두 사람의 수작만 지켜볼 뿐이었다. 밖이 소란스럽자 춘향이 방에서 향단이가 나왔것다.

"마님, 무슨 일이다요?"

"고두쇠가 찾아왔어아."

"혼자유?"

"아니, 고두쇠 등 뒤에도 시커먼 놈이 한나 더 있는 것 같은
디……. 멍석을 말아 지고 온 것 같기도 허고……."

월매와 향단은 고개를 길게 빼어 방자 뒤를 살폈것다.

"오메! 마님, 새끼 사또가 같이 왔구만유!"

"뭐? 뭣이라고? 사또 새끼가 같이 왔다고?"

"사또 새끼가 아니라 새끼 사또, 아니 사또 자제 도련님이
왔다고유!"

향단이도 당황스러운 건 마찬가지였다. 그새 월매는 버선발
로 마루를 뛰어 내려와 마당으로 달렸것다.

몽룡도 이제는 더 가만있을 수가 없어 앞으로 나서며 점잖
게 물었으니.

"춘향이 모친 되시는가?"

"그래요만, 도련님이 어찌 이 누추한 집엘 다 오시고……."

몽룡은 제법 의젓한 티를 냈것다.

"춘향이와 약속한 게 있어 잠깐 들렀네."

월매, 당황하여 춘향이 방을 보고 소리쳐 부르는디 말이 뒤
엉켜 앞뒤가 없구나.

"춘향아! 새끼 사또가 방자 모시고 왔다. 얼른 문 닫고 나와
보그라!"

춘향이, 개떡 같은 말을 찰떡같이 알아듣고 버선발로 뛰쳐
나오는구나.

120

7장
좋을 호(好) 자 만든 사랑

버선발로 뜰에 뛰어나온 춘향은 몽룡을 보자 황당하기도 하고 반갑기도 하였것다. 춘향이 미처 뭐라 말을 건넬 틈도 없이 몽룡은 마치 제 집이나 되듯 섬돌을 성큼 걸어 올라 춘향의 방으로 갔으니, 함께 서 있던 방자조차 짐작 못한 일이렷다.

"어, 어, 허! 저, 저, 저기, 되련님! 이러코롬 굴믄 겁나게 거시기하지라. 이녁 사정이 아무리 급혀도 넘의 집인디, 방 주인이 들어오라 하믄 그때 들어가야 예의 갖춘 양반의 도리이지라."

"이런 날이 오기를 한양 살 때부터 내 얼마나 기다렸는데 지금 예의 갖출 새가 어디 있느냐? 방 주인 나온 곳이 내 들어갈 곳 아니더냐."

"그래유? 그런 생각을 벌써 했단 말이유? 허, 그라고 본께 오는 새에 공부한 것들 지대로 알아묵었구만! 잠깐 사이에 우리 되련님 많이 컸어! 허, 이쪽으론 배움이 참 빠르다니께! 인자 혼자서도 잘허네. 지 들어갈 구녁도 바로 알아서 잘 찾아가고 말이여! 역시 한양 왈패 출신은 뭐가 달러도 달러!"

춘향은 몸 둘 바를 몰라 하며 몽룡을 따라 자기 방으로 들어갔것다. 월매는 경황없이 닥친 일이라 그저 어안이 벙벙한 채 몽룡의 거동을 바라만 볼 뿐이구나.

몽룡은 춘향의 방으로 들어가자마자 경상이 놓인 방 가운데에 다리를 틀고 앉았것다. 춘향이 뒤따라 들어가 보던 책을 급히 덮은 뒤 상에 놓인 다른 책 위에 얹어 경상을 한쪽으로 치우고 다소곳이 앉아 눈을 내리깔았으니, 그 모습 바로 선녀의 자태로다.

"춘향아, 고개 좀 들어 보아라. 공자님 말씀하시기를 벗이 있어 멀리서 찾아오면 즐거운 일이라고 하셨다. 우리 우정이 밤길을 나서게 만들더구나."

몽룡은 제 입으로 춘향에게 벗이라 하며 너스레를 떨었것다. 그럼에도 상황이 상황인지라 춘향은 만복사에서 볼 때와는 달리 몹시 부끄러워하며 되레 뒤로 몸을 더 빼는구나. 몽룡은 그런 춘향이 더욱 사랑스럽기만 하여 몸이 달아오른다.

춘향은 세상에 태어나 한 방에 남자와 단둘이 마주하고 있기는 처음이라 어떡해야 할지를 모를 판이다. 임의로운 사이였던 방자하고도 한 방에 단둘이서만 있어 본 적은 없다. 더구나 방자한테선 남자 냄새도 나지 않았다. 그래서 계속 엉거주춤이다. 엉뚱하게도 이런 때를 나타내기 위해 엉거주춤이라는 말이 생겨났을 거라는 생각만 들 뿐이었다.

몽룡이 어색한 순간을 견디느라 춘향이 보던 책들을 뒤적거려 본다. 얼핏 보니 경서 책들 사이에 『금병매』도 끼어 있다. 몽룡이 『금병매』를 집어 들어 춘향에게 말을 걸어 보는데.

"『금병매』라, 이거 이야기책 아니던가? 이런 책도 보는구나?"

춘향이 부끄러워하며 나직이 대답한다.

"경서에서 볼 수 없는 것들이 들어 있어서……."

"경서에서 볼 수 없는 것이라면 아주 대단한 것이겠구나."

"그게……."

"경서에도 안 나오는 것이 들어 있을 정도면 굉장히 좋은 책이렷다. 그렇다면 나도 한번 읽어 봐야겠구나, 흠흠."

몽룡이 적극적인 태도를 취하자 춘향은 더욱 당황스럽다.

"도련님은 성현들의 경서만 열심히 읽으셔야 합니다. 이런 책은 저 같은 아녀자들이나……."

"네가 그렇게 말하니까 더욱 궁금해지는구나. 대체 이 책 내용이 무엇이냐?"

"글쎄, 그게 말하기가 상당히 거시기해서……."

"히히, 내 모르는 긴 네기 일리 주고, 내 모르는 긴 내가 일러 주어야 벗을 넘어 일심동체가 되지 않겠느냐. 그래야 부부도 될 수 있을 테고. 그렇지 않겠느냐?"

몽룡이 '부부'라는 소리를 입 밖에 냈것다. 춘향이 아궁이 불에 꼬리 덴 강아지처럼 화들짝 놀란다.

"부부라뇨? 그런 말씀 마십시오. 부부 되기가 쉬운 일이 아닌 줄 아옵니다. 그리고 그런 책은 과거에는 나오지 않는 내용들입니다. 그러니까 도련님 같은 분은 굳이 보실 필요가 없습니다."

"네가 그렇게 말하면 할수록 더 보고 싶구나! 그 책 나 좀 빌려 다오."

몽룡이 『금병매』를 따로 챙기자, 방금 전까지 다소곳이 있던 춘향이 얼른 손을 뻗어 책을 뺏는다. 춘향이 당황스러워하는 몽룡을 물끄러미 바라보며 묻는다.

"이 책 내용을 정말 몰라서 그러십니까?"

"책 이름은 들어 보았지만 실물은 처음 보느니라. 무슨 책이냐?"

"남녀상열지사를 다룬 것이라 내놓고 말을 달기가 몹시 거시기한 책입니다……."

"방자 왈, 거시기는 귀신도 모른다 그러던데, 귀신도 모르는 거시기한 책을 보았단 말이지? 그렇다면 더 잘되었구나. 우리 같은 청춘 남녀가 귀신도 모르게 알아야 할 게 바로 서로 같이 기뻐하는 남녀 상열 아니겠느냐? 아무튼 남녀상열지사라 하면 그 옛날 고려 때 쌍화점이나 서경별곡 따위의 노래가 유명했다는데 지금은 금지곡 아니더냐? 그런데 『금병매』가 그런 내용을 담고 있는 책이란 말이지?"

"남녀상열지사이긴 해도 그런 노래 같은 것이 아닙니다. 이야기가 훨씬 길고 우리나라 것도 아니고요."

"아무튼 네 덕분에 좋은 책을 하나 더 알게 되어 고맙구나. 예부터 책을 읽는 까닭은 책의 내용을 본받아 구체적으로 실행을 해 보자는 것이니라. 마침 오늘 우리가 만났으니 네가 읽은 책을 바탕으로 남자인 몽룡과 여자인 춘향이 서로 어울려 기쁠 열 자로 마구마구 열나게 상열해 보자꾸나!"

몽룡은 방자한테 들은 대로 기회 보아 혀를 써서 진도를 빼고 마침내 나머지 몸을 써 보고 싶어 안달이 났것다. 춘향은 어이없었지만 이미 엎질러진 물이로다 생각할 수밖에.

마침 밖에서 문고리 기척이 나더니 월매가 들어오는데, 꽤나 긴장한 거동이렷다.

"아까는 몰라보고 이 늙은 년이 귀하신 도련님께 주둥아리 함부로 놀렸습니다. 모르고 그런 것인께 너그러이 용서해 주시지요."

"그럴 땐 그렇게 거침없이 시원하게 말하는 것이 나는 훨씬 더 좋소!"

월매는 그제야 굳은 표정을 풀고 곰방담뱃대와 재떨이를 몽룡이 앞으로 내밀었것다.

"나 아직 담배는 태우지 않소. 이것 대신 술상이나 봐 주시오."

"내 보매 사또 자제 정도 되믄 어미 배 속에서부터 담배를 배워 가지고 나오길래 도련님도 그런 줄 알고……. 술상이야 당연히 보고 있습니다요. 귀하신 도련님께서 반백 넘게 다 늙은 저를 찾아 주셔서 고맙습니다."

"내가 아무러면 장모를 찾아왔겠소? 춘향이를 찾아왔지."

"오메, 뭔 말이라요? 내가 장모라고라?"

장모라는 말에 월매는 가슴이 다 벌렁거린다.

"허, 내가 오늘 밤 춘향이와 한 몸 한마음이 되어 백년가약을 맺으면 장모가 되는 것 아니겠소? 사위도 반자식이니, 이제부터 자식으로 대해 주시오."

몽룡이 하도 천연덕스럽게 대꾸하는지라 월매는 기가 더 탁막힌다.

"도련님! 당최 그런 말쌈 마십시오. 내 이제 기생 환갑 서른도 진작에 넘긴 늙은 호박꽃이라 벌 나비가 아니 찾은 지 오래여서 도련님의 상대는 되지 않겠지만, 그렇다고 춘향이가 옛날 이 에미처럼 기적에 들어 있는 건 아닙니다."

"내 이미 다 알고 있소. 그래서 백년가약을 맺으려 하는 것이오. 한양에서 춘향이 명성을 익히 들은 터에 광한루에서 먼 발치로 잠깐 보고 만복사에서 또 잠깐 만났는데 역시 명불허전이라! 첫눈에 바로 춘향에게 끌려 내 배필로 정하였소. 그래

126

서 오늘은 직녀를 찾은 견우가 되어 춘향이랑 평생을 함께할 인연을 맺을 터이니 그리 아시오."

월매, 아예 가슴이 내려앉을 것만 같다. 그렇다고 산전수전 다 겪은 월매가 순순히 물러나겠는가.

"도련님! 다시 말씀드리지만 그런 말씀일랑 당최 허덜 마시라니까요. 도련님은 사또 자제로 누구 못지않게 귀한 몸이시라 앞날이 구만 리입니다. 춘향이는 비록 성참판 대감의 골즙을 받아 낳은 딸이지만 보시다시피 저랑 이처럼 끈 떨어진 연 맨치로 사는 처지라 분수를 알아야 합니다. 딸년 두고 말하기는 거시기하지만 내 딸이야 누구하고 대 보아도 꿀릴 건 없소이다만, 세상 이치가 우리 같은 사람은 돌아보지 않는 것이니, 그저 잠깐 놀다만 가시지요. 춘향이와 백년가약 어쩌구저쩌구 하신 말씀은 안 들은 걸로 하겠습니다. 길은 갈 탓이고 말은 할 탓이라지만, 길이 아니믄 가지를 말고 말이 아니믄 하지를 마십시오."

월매는 말을 폭포수 쏟듯이 하고 나니 제 설움에 눈물이 나 옷고름으로 눈물을 찍어 낸다. 그렇다고 어렵사리 나비가 되어 꽃을 찾은 몽룡이 쉽게 물러나겠는가.

"장모야말로 그런 소리 당최 하지 마시오. 나도 혼인 전 총각이고 춘향이도 혼인 전 처녀이니, 둘이 서로 굳게 언약을 하면 바로 부부가 될 수 있는 것 아니겠소? 아무러면 양반집 아들인 내가 한 입으로 두말하겠소?"

"아이고, 도련님! 도련님이 양반집 자제가 아니른 젊은 처녀 총각 하룻밤 정으로 가시버시 된들 뭐가 걱정이겠소? 내 겪어 본께 양반이라고 하는 사람들은 때로 한 냥반도 되고 두 냥반도 되게 허세 부리다가 언제 그랬냐는 듯이 홀 반 냥도 안 되게 뒤집어 버리는 사람들입디다. 이왕 오셨으니 술이나 한 잔 드시고 돌아가십시오. 귀하고 귀한 우리 딸 춘향이 신세 망치지 마시고요! 부모님 아시면 큰일 납니다. 양반 도리 어기고 천한 집 춘향이와 인연 맺으면 나중에 도련님 앞길에 먹구름이 덮일지도 모릅니다."

"장모, 그런 소리 하면 내 많이 섭섭하오. 나도 양반 자식이긴 하되 장모가 겪어 본 그런 양반 아니오. 그리고 경국대전을 볼작시면 남자는 십오 세에, 여자는 십사 세에 혼인을 할 수 있다고 새겨 있소. 나나 춘향이나 둘 다 혼인할 나이가 지났소. 그러니 더 늦기 전에 백년가약을 맺을 것이오. 그리고 내가 좋아서 시작한 사랑에 먹구름이 끼면 얼마나 끼겠소. 우선 장모부터 허락해 주시오."

"시방 혼인할 나이가 안 차서 그런 것 아닙니다. 다시 말씀 드리지만, 도련님과 춘향이의 지체가 다른 것입니다요."

"젊은 청춘 남녀가 서로 사랑하면 그만이지, 그깟 지체가 사랑하는 데에 무슨 문제가 된다고 그러시오?"

"아직 도련님이 세상 물정을 몰라서 그런 말씀을 하십니다만, 도련님도 곧 후회하시게 됩니다. 그리 되믄 우리 춘향이만

불쌍해집니다. 그러니 더 이상 딴마음 먹지 마시기 바랍니다. 춘향이 젖만 띠면 데려가겠다고 한 양반 믿었다가 우리 모녀 이날 입때까지 기 한번 못 펴고 요 모양 요 꼴로 있는 듯 없는 듯 살고 있습니다요."

"내 참, 나비가 꽃을 찾고 기러기가 물을 찾아 헤매다 가까스로 내려앉을 자리를 찾았는데, 무슨 말씀을 그렇게 모질게 하시는가?"

"봄 나비 여름 나비 할 것 없이 꽃 지믄 날아가 버리고, 가을 기러기 겨울 기러기 할 것 없이 물 마르믄 다시 날아오지 않습디다. 그뿐만이 아닙니다. 나뭇가지에 아침저녁으로 날아오던 새도 나무에 열매 떨어지면 날아가서 다시 찾아오지 않는 법입니다. 그러니 지발 혼사 얘기는 거두어 주십시오."

월매는 숫제 울음을 운다. 그동안 아비 없이 퇴기의 몸으로 춘향이를 이만큼 키우기가 얼마나 힘들었던고.

춘향이 제 어미의 심정을 누구보다 잘 헤아리는지라 설운 어미를 달래 본다.

"어머니, 너무 걱정 마시고 건너가 쉬셔요. 도련님이 일시 춘정을 못 이겨 이렇게 오셨으니 오늘은 제가 알아서 잘 모시겠습니다. 물이 깊은지 얕은지는 건너 보아야 알 것인께 내가 알아서 할 것이요."

바로 그때 향단이 방자와 함께 술상을 마주 들고 들어오는구나. 몽룡은 술을 따라 월매에게 먼저 인사 올이리며 헌 잔을 권한 뒤 춘향에게도 한 잔을 따라 준다. 월매는 술잔을 받아 들긴 했지만 마음이 여러 갈래라 도시 술맛을 알 수 없었것다.

몽룡은 그저 좋아 춘향에게 혼례 치를 때 마시는 교배 술이라며 권하고 방자에게 중매 술이라고 권하며 자신도 한 잔 두 잔 마셔 댔것다. 본디 술을 마시지 않는 향단이만 맨정신이고 다들 취해 가는데, 뜨락의 밤 벌레 소리 잦아들며 밤도 같이 깊어 가는구나.

마침내 몽룡과 춘향이만 남고 다들 방에서 물러갔것다. 월매는 기대 반 근심 반으로 안방으로 들어가고, 향단이는 방자를 따라 문턱 너머 어둠 속으로 사라졌으니.

몽룡은 춘향이와 둘이만 남자 사랑의 기쁨에 겨워 춘향이를 안아 보고 업어 보고 만져 보고 핥아 보고 하는데, 야단도 그런 야단도 없으렷다. 춘향은 그때까지 흔들리는 촛불 아래 다소곳하니 앉아 몽룡이 하는 양을 두고만 볼 뿐 도시 어찌해야 할지를 모르겠다.

"춘향아, 이제야말로 고개를 들어라."

춘향이 마지못해 고개를 살짝 든다. 몽룡이 품속에서 춘향의 얼굴 그림을 꺼내 춘향이 코앞에 들이밀었것다.

"춘향아, 이게 누구 같으냐?"

"글쎄, 누굴까요? 어느 화첩을 보고 그린 얼굴인지요?"

"화첩을 보고 그린 그림이 아니다."

"그럼 실제 얼굴을 그렸다는 말씀이신가요?"

"그럼!"

"도련님이 그림도 그리셔유?"

"특별한 때에만!"

"그럼 일러 주세요. 누굴 보고 이 그림을 그린 것인지."

"허허, 네 얼굴을 네가 못 알아본단 말이냐?"

"예? 이 얼굴이 나라고요? 나는 이렇게 안 예쁜데……. 너무 예쁘게 그려져서 나를 닮지 않았구만요."

춘향이 놀라 자빠지는 시늉을 하자 몽룡은 자기가 그린 그림과 춘향이 얼굴을 번갈아 봐 가며 품평을 하기 시작했것다.

"천하의 미인 초선을 본 달이 부끄러워 바로 보지 못하고 제 얼굴을 가렸다는데, 아무러면 초선이 춘향이 너보다 더 예뻤을까?"

춘향이 얼굴이 화끈거린다.

"놀리지 마세유."

춘향이 뭐라 하든 몽룡은 정색을 하고 또 품평을 한다.

"천하의 미인 서시를 본 물고기가 헤엄치다 지금 무엇을 해야 하는지를 까먹었다는데, 서시도 춘향이 너를 못 따라올 것이다."

춘향이 가볍게 고개를 가로젓는다.

"부끄러워유."

몽룡은 이제 청산유수다.

"천하의 미인 왕소군을 본 기러기가 날갯짓하는 것도 그만

잊어먹고 땅으로 떨어졌다는데, 왕소군도 춘향이 네 앞에서는 울고 갔을 것이다."

춘향이 웃음을 참지 못하며 손사래를 친다.

"그만허셔유."

하지만 몽룡은 끝까지 진지할 뿐이렷다.

"천하의 미인 양귀비를 본 꽃이 차마 바로 쳐다볼 수 없어 부끄러움에 잎을 말아 올렸다는데, 양귀비도 춘향이 너를 봤으면 몸 숨길 곳을 찾았을 것이다."

말을 마친 몽룡이 춘향의 치맛자락을 들치며 머리를 집어 넣으려 한다.

"아이참, 도련님도 망칙하게시리……."

"이것이 뭐가 망칙하다고 그러느냐? 옛 성현들도 다 이렇게 놀았고, 너희 어머니도 이렇게 해서 너를 잉태했을 것이다. 내 이 그림을 그린 까닭은 네 얼굴 옆에 내 마음을 적어 정표로 주고 싶어서 그런 것이다. 이래서 예부터 고움 일흔이 감 하나만 못하다 했나 보다. 내 너를 못 만났으면 어찌했을꼬!"

몽룡은 춘향이 얼굴 그림 옆 여백에 일필휘지로 "봄내 나는 향기에 끌려 꿈속부터 용을 타고 왔노라"고 갈겨쓴 뒤 몽룡 이름자도 뚜렷하게 적고는 수결까지 질렀것다. 춘향은 감격하여 가슴이 다 벌떡거렸다.

"춘향아, 사랑이 뭐라고 생각하느냐?"

춘향이 몽룡의 뜬금없는 물음에 대꾸할 말을 찾지 못한다.

132

"내 읽은 경서엔 사랑이 뭔지 도대체 안 나온다. 네 읽은 『금병매』엔 사랑이 뭔지 나왔을 것 아니냐. 한번 일러 보거라."

춘향이 뭐라 할 말이 있겠는가. 이럴 땐 그저 묵묵부답이 최고의 대답이리라. 그러자 몽룡이 다시 나서는데.

"네가 말하기 몹시 쑥스러운 모양이구나. 그렇다면 내가 사랑이 뭔지 공부한 대로 일러 보마."

몽룡은 다리를 고쳐 앉은 뒤 노래를 불러 본다.

사랑사랑 내사랑아

어화둥둥 내사랑아

이제너는 여자되고

이제나는 남자됐네

너는나서 계집녀자

나는나서 아들자자

계집녀에 아들자가

찰떡처럼 붙고보니

좋을호자 아니겠냐

사랑사랑 내사랑아

어화둥둥 내사랑아

오늘저녁 우리둘이

좋을호자 만든다네

어렴사리 꽃본나비

불꽃인들 마다하랴

나를두고 말하자면

꽃을좇는 나비로다

이리오럼 춘향이야

내가갈까 춘향이야

바람불제 구름가고

구름갈제 비가가듯

내가있어 네가있고

네가있어 내가있다

어서어서 불도끄고

좋을호자 만들어서

백년사랑 천년사랑

만리장성 쌓아보자

"춘향아, 이제 사랑이 뭔지 조금 손에 잡히느냐? 하늘은 높디높고 땅은 가없이 넓다. 사내대장부 마음도 높디높고 끝없이 넓단다. 바닷물이 다 말라 소금꽃이 피고 갈대 흔들던 바람 삼천 코 그물에 다 걸릴 때까지 몽룡은 춘향을 사랑할지어다. 춘향아, 이래도 내 마음을 모르겠느냐?"

춘향은 몽룡의 다짐에 가슴이 더 벌떡거리고 이젠 턱마저 덜덜 떨린다. 춘향이 달리 할 말도 없고 손도 무색하여 몽룡이 그린 그림을 고이 접어 윗목에 밀쳐놓았다. 조용히 움직이는 몸짓 하나 손길 하나마다 기품이 묻어났다. 그런 춘향을 몽룡이 가만두고 보기만 하겠는가. 마침내 몽룡은 자기 말마따나 아들 자(子)와 계집 녀(女)가 서로 얽히어 좋을 호(好) 자를 만들기 위해 촛불을 훅 불어 끄고 춘향을 아랫목 요 위로 끌고 갔것다.

그러나 이를 어쩌나. 자칭 형님인 방자의 훈수에 따라 단도직입을 하려는데 그게 그리 쉬운 일이 아니렷다. 몽룡이 옷을 훌훌 벗고 좋을 호 자 만들 채비를 했지만 세상에 이런 일은 처음이라 어찌할 바를 모르겠더라. 춘향이 껍질도 어찌 벗겨 보아야 할 것인데 머리털 생기고 나서 처음 해 보는 일이라 여자들 옷고름조차 어찌 푸는 걸 모르니, 그간 어디로 나이를 먹었는지 스스로가 한심스럽기만 할 뿐이렷다.

무릇 책이라 하면 이런 구체적인 것들을 적어 놓아야 할 것인데 아침저녁으로 밥 먹듯이 읽는 공맹의 책에는 좋을 호 자 짓는 법이 어느 한구석에도 나와 있지 않았것다.

몽룡이 수작이라는 게 흡사 늙은 호랑이가 살찐 암캐를 물어다 놓고 어찌해야 할지 몰라 이리 까불고 저리 되착이는 수준이고나. 이러다가 에멜무지로 헛심만 쓰다 말지 모르겠으니.

마침내 둘은 어찌어찌하여, 위로 벗었는지 아래로 벗었는지 모르지만, 몸을 싸고 있는 껍질은 죄다 벗겨 내고서 일단 한 겹 홑이불 속으로 뛰어들어 갔것다.

이젠 몽룡이 방자한테 들은 대로 첫비대을 말히는 데 쓰지 않고 다른 데에 한번 써 볼 차례렷다. 그런데 그것도 어찌 써야 하는지 몰랐다. 닥치면 어떻게 되겠지 막연히 생각했을 뿐인데 실전에 드니 난감하기 짝이 없구나. 맥도 모르면서 침통 흔드는 격이었다.

몽룡은 춘향이 『금병매』를 읽었기에 어쩌면 자신보다 이런 일은 더 잘 알고 있을지도 모르니 일단 춘향이를 믿어 보자 생각했다. 아니면 춘향이 방자한테 실습을 받았는지도 모를 일 아닌가. 그러나 그건 생각만 해도 싫었다. 방자는 절대 그러지 않았을 것이다! 춘향이는 절대로 그러지 않았을 것이다!

몽룡은 그 짧은 순간에도 자기 좋을 대로 결론을 맺었것다. 마냥 그런 생각만 길게 할 수 있는 상황이 아니기도 했다. 자기가 모르는 지난 일이 지금 무슨 소용인가. 차라리 춘향이가 이 상황을 잘 이끌어 나가 주었으면 하는 심정이기도 했것다. 그래도 음양의 도리는 하늘이 사람에게 안겨 준 최고의 선물이라, 몽룡은 걱정과는 달리 이불 속 공사를 제법 그럴싸하게 시작했으니.

평평하던 홑이불 아래로 사람이 둘이나 들어갔으니 방바닥에 갑자기 하얀 바윗덩이가 솟아오른 것 같다. 어쩌면 둥근 무덤 같기도 하렷다. 몽룡은 이런저런 생각 없이 그저 손길 가는 대로 혀가 미끄러지는 대로 홑이불 밑에서 헤엄쳐 다녔것다. 처음엔 고양이가 달걀 굴리듯 춘향이 몸을 조심스레 다루었지만, 춘향이 몸도 차츰 굳어진 게 풀어지는 성싶더니 역시 뜨거

운 피가 흐르는 몸뚱이답게 금세 노골노골 흐느적거리기 시작
한다. 알 수 없는 조홧속이렷다.

그래서 먼저 춘향이 내는 소리를 들어 보는데.

"아이참, 거긴 안 돼유, 안, 돼유…… 돼유……. 간지럽단
께유! 히잉………………, 헉!!!!!!!!!!!!!!!!!!!!!!!!!
나 몰라잉. 향단아, 어디 갔어????????????????? 나 물 좀,
아잉. 으짤라고~~~~~~~~~~."

춘향이 내는 소리 차츰 마굿간 말의 말을 닮아 간다.

이어 몽룡이 내는 소리를 들을 차례로다.

"아니, 이런 게 숨어 있었어? 엥! 똥집 한번 장허다!!!!!!!!
으응………… 방자야???????????? 어떻게 넘는다고?
악, 어이쿠! 모르긴~~~~~, 되는대로 그냥~~~~~."

몽룡은 점점 단단해지는 살송곳을 어찌해야 좋을지 몰라 방
자를 찾다가 제풀에 꺾인다. 처음엔 꼬챙이는 타는데도 고기
가 설익는 것 같았지만, 그래도 명색이 사내인지라 금세 음양
의 도리를 깨달았것다. 춘향이도 『금병매』를 읽었다지만 민망
스럽고 망측한 대목은 늘 건너뛰었던 바람에 사랑을 제대로
하는지 어쩐지 모르긴 마찬가지렷다. 둘은 채 일합을 겨루기
도 전에 땀만 범벅으로 온몸이 나른하다.

그렇지만 아직 초저녁이다. 둘은 심기일전하여 다시 합을
겨루기 위해 몸을 풀었것다. 처음보단 훨씬 더 여유가 생기고,
서로의 몸에서 솟은 곳 가라앉은 곳도 손에 잡히고, 몸뚱이는

다시 뜨거워진다.

몽룡은 조물주가 사람에게 이런 일을 할 수 있도록 해 준 게 그저 고마울 따름이다.

"춘향아, 나는 이제 죽어도 좋다. 방자 왈, 아침에 살 섞고 나면 저녁에 죽어도 좋다고 했는데, 이제야 그 말이 실감 나는 구나!"

몽룡은 이제 공자 왈인지 방자 왈인지도 헷갈리는 지경에 이르렀다. 공자 가라사대, 아침에 도를 깨달으면 저녁에 죽어도 좋다고 하지 않았던가. 몽룡은 그 말을 방자 투로 바꾸어 제 멋대로 써먹고 있는 것이렷다.

8장
방자가 기가 막혀

월매는 안방으로 건너갔지만 여름 홑이불 얇은 막 사이로 새어 나와 창호지 문 너머로 건너오는 춘향이 방의 소리를 다 들어야 했것다. 어린것들이 내는 온갖 기기묘묘한 소리를 들으니 좋은 것 같기도 하고 안 좋은 것 같기도 하였다. 어쨌든 뒤숭숭하여 제대로 잠을 이룰 수가 없었으니, 당연지사렷다.

어찌저찌 이냥저냥 첫잠을 자고 깨어났다가 다시 두벌잠에 빠졌는가 싶었는데, 때아닌 여름에 문풍지 바람이 울고 서까래가 삐거덕거리고 방구들이 들썩거려 밤새 노루잠 괭이잠으로 자는 둥 마는 둥 했것다.

몽룡과 춘향이 노는 걸 보니 젊은 시절 자신의 모습이 떠오르기도 하고 성찬판의 모습이 떠오르기도 했으니.

"아이고, 저것들이 시방은 물색없이 그냥 좋아서 저런다만……."

월매는 제발 오늘 밤 하루 놀이로 끝나고 더 진도가 안 나갔으면 했다. 오르지 못할 나무는 처음부터 쳐다볼 일이 아니다. 이 근심 저 근심에 곰방대에 불을 붙여 한 모금 길게 들이마셨다. 그렇다고 답답한 가슴이 뚫리는 건 아니었지만, 이미 오래된 습관으로 굳어져 새벽이면 곰방대부터 찾게 된다.

방자는 향단이를 끌고 주막집으로 갈까 하다가 밤도 깊고 해서 허드레 짐을 넣어 두는 뒷방으로 갔것다. 취기도 어지간한 데다가, 몽룡이 가까스로 딱지를 떼고 춘향이 머리를 얹는 첫날밤이 신경 써져서 그런지 방자는 기분이 묘했다.

결국 춘향이는 몽룡이 품에 들게 되어 버렸다. 생각해 보면 기가 막혔다. 하지만 어찌할 것인가. 어쩌자고 세상은 사람을 귀하고 천한 처지로 나누어 놓았는지. 말인즉슨 왕후장상의 씨가 따로 있는 건 아니라지만 어떤 집안의 어떤 피를 받아 태어나느냐에 따라 사람의 평생이 달라지는 건 사실이니, 속이 쓰리고 아려도 어쩔 수 없는 일이렷다.

말이야 바로 말이지, 방자 자신이 몽룡보다 못할 게 뭐 있는가? 몽룡이 더 나은 건 기껏해야 진서 글줄이나 좀 볼 줄 안다는 것 아닌가. 그런데도 몽룡은 잘난 춘향이와 놀고 자신은 춘향이 몸종인 향단이와 놀아야 한다. 그러고 보니 향단이 신세도 좀 그렇다. 언제까지 춘향이 그늘에서 지내야 하나. 그래도

140

방자는 향단이가 고맙고 편하다. 에미 애비 얼굴도 모르는 주막집 손자를 향단이 아니면 누가 좋아해 주겠는가.

십육 세인 몽룡과 춘향이와 달리 십팔 세인 방자와 향단이는 탐색전 없이 막바로 사랑 놀이를 했것다. 사랑을 나누는 일에 두 해 터울은 엄청난 차이를 보여 준 것이렷다. 그보다는 어쩌면 자신과 향단이는 풋고추에 된장 궁합인지도 몰랐다. 이른바 찰떡궁합!

둘은 석 달 가뭄 끝에 내린 단비처럼 달게 일합을 끝냈지만 춘향이 방에서 흘러나오는 어린것들의 개굴거리는 소리를 들어야 하는 방자의 마음은 먹먹했다. 몽룡이가 먼저 힘을 쓰면 춘향이가 바로 힘을 받는 소리가 또렷이 들리는데, 방자라고 마음이 좋기만 하겠는가. 듣다 못해 방자가 고개를 저으며 투덜거렸다.

"허! 어린것들 잘 논다! 누가 사랑 놀이를 배워서 한디야. 향단이랑 방자를 찾기는 왜 찾어? 하다 보면 저절로 다 되는 걸 넘의 속도 모르고 묻고 난리여! 관아 개도 꼴에 수캐라고 다리 들고 오줌 눈다더니, 되령도 잘만 하는구만……."

방자는 춘향이 방에서 건너오는 소리를 애써 지우려고 영문도 모르는 향단이한테 아주 묵직한 목소리를 냈것다.

"향단아, 인자 우리도 성례 올려야 안 쓰겄냐?"

향단이는 수도 없이 듣는 소리여서 그다지 새로울 것은 없었지만 오늘은 좀 실감 나게 들렸다. 그렇지만 바로 화답을 해 줄 수도 없었다.

"방자 너 또 달달대기 시작하는 것이여? 춘향 아가씨가 먼저 성례를 혀야 나도 할 수 있다고 했잖여."

"맨날 똑같은 소리!"

"이치가 그렇잖여."

"무슨 놈의 이치! 나이 먼저 찬 계집이 먼저 혼인하는 게 올바른 이치제!"

"그려도 월매 아줌니가 부모도 없는 나를 어려서부터 거두어 주었는디, 내가 춘향 아씨보다 먼저 갈 수는 읎어."

"알었어. 이래서 양반 종 노릇보다 상놈 종 노릇 하기가 더 힘든 것이여!"

"방자 너, 그런 소리 쪼깐 안 할 수 없냐? 내가 언제 종 노릇 한다고 그랴? 입만 열믄 달달대는디 못살겄어, 내가."

"그랴. 그라믄 방자 달달 그면헐 틴께 술이나 더 내와라잉."

"아까 남은 것 니가 다 마셔 부렀잖이여. 술하고 뭔 웬수졌다냐?"

"내가 몇 잔이나 마셨다고 그랴?"

"술 단지 바닥 본 사람은 너였잖여."

"나는 바닥만 비웠고만. 되령하고 춘향이가 더 먹었제. 술맛도 모르는 것들이 마구 마셔 대더라니……."

방자가 볼멘소리를 하자 향단이가 부드럽게 물었다.

"술이 꼭 더 있어야 되겄어?"

"응, 오늘 밤은 술이 더 있어야 쓰겄어."

향단은 몽룡이 춘향이와 노는 꼴을 방자가 그리 탐탁스레 여기지 않는 것 같아 될 수 있으면 방자 마음을 다치게 하고 싶지 않았다.

"알았는디, 나중에는 이렇게 술을 끝장 보기로 마시믄 안 되야!"

향단이는 술을 더 거르기 위해 방을 나갔다. 방자는 향단이가 벌써 나중에 가시버시가 되었을 때를 염려하는 것 같아 기분이 나쁘지 않았다. 그런데도 가슴 한쪽이 싸한 건 어쩔 수 없었다. 시방 춘향이가 몽룡이하고 춘향이 방에 같이 있다……. 어찌해 볼 수 없는 태생의 한계. 자신은 그저 중매쟁이에 불과했다.

중매는 잘해야 술이 석 잔, 못하면 뺨이 석 대라는데, 일단 술 석 잔은 받아 마셨다. 그런데 이 중매질을 잘한 것일까? 춘향이를 몽룡에게 소개한 것이 정말로 잘한 것일까? 처녀 총각 중매는 개 빼놓고는 다 대어 본다고도 했다. 그래서 중매는 붙이고 싸움은 말리라고도 했것다. 혼사 중매 열 번 하면 백 가지 지은 죄도 다 없어진다는 말도 있긴 하다. 그렇다면 이 중매, 정말 잘한 것일까?

얼마 안 돼 향단이가 술 단지를 들고 돌아왔다. 일단 한 잔을 따라 마신 방자가 안주를 우물거리며 치하를 했것다.

"햐, 바로 이 맛이고만! 향단이 넌 애초에 주막집 고두세 가시로 태어난 거냐? 으째믄 이렇게 술을 잘 거른다냐? 나중에 우리 주막 잘되겄어!"

향단이는 방자의 인사가 싫지는 않으면서도 눈을 흘겼다.

"나를 기껏 주막집 주모로 쓸라고 혼인하자는 것이여?"

"주막집 주모가 으째서 그랴?"

"대를 물려 술장시를 하잔 말이여?"

"내가 내 손으로 벌어 묵을 수 있으믄 되았제, 뭔 일을 하든 뭔 상관이여. 할머니가 저만치 해 놨은께 우린 쪼깐만 더 힘을 쓰믄 되는디."

"그려도 젊어서부터 주막집은 쪼깐 거시기하단 말이여."

"젊어서부터 해 봐야 늙어서도 잘허지. 그라고 술지게미를 같이 먹고 사는 부부가 이별 수 없이 잘 산디야."

"누가 그래?"

"누가 그러긴? 조강지처라고 경서에 다 나오는 말인디."

"조강지처? 너 참 유식헌 소리 헌다. 조강은 술 거르고 남은 찌꺼기하고 쌀겨를 말하는 거잖여?"

"내가 누구냐? 책방 방자 아니냐? 독서당 개가 맹자 왈 하드끼 책방에 살다 본께 진작에 언문풍월은 떠었고, 인자 진서 풍월이 시나브로 나온다. 되련님 풍월도 별것 없어야. 누가 거시기머시기할 수준이 아니란 말이제. 그 풍월이 괜찮았으믄 나도 어깨 너머 문장 쪼깐 이루었을 것인디, 본판이 별로라 그 정도밖에 못했어. 그려도 사는 디는 지장 없어. 아무튼지 간에

144

방자 왈 조강지처란 술지게미하고 쌀겨를 먹고 살 정도로다가
없이 살 때 만난 각시는 절대 이별 수 없이 끝까지 해로한단 이
말이렷다."

"방자 너, 설마 나 데려다가 술지게미나 먹고 살라는 건 아
니겠제?"

"무신 소리? 이 몸은 세상이 두 동강으로 결딴나는 일이 있
어도 절대로 한 입으로 두말하는 종자가 아녀. 그란께 하는 말
인디 나랑 살믄 호강은 없어도 요강은 있을 것이여, 에헴."

"뭣이라고? 으이그."

향단이가 방자를 쥐어박는 시늉을 했것다.

춘향이 방에선 한번 둑이 터지자 연달아 쉬지 않고 여러 합
을 겨루는 것 같았다. 일 합, 이 합, 삼 합……. 그때마다 여름
문풍지가 태풍에 우는 소리를 내고 서까래가 틀어지고 방구들
이 가라앉는지 야단도 이만저만이 아니다. 방자는 몽룡이 골
즙 내기 위해 힘줄 방망이를 쓰는 소리가 들릴 때마다 술잔을
들이켰다. 아무래도 인자 몽룡의 형님 노릇도 그만할 때가 된
성싶기도 했다.

월매는 밤새 춘향이 방에서 들려오는 어린것들의 노닥거리
는 소리에 자신의 열여섯이 아슴푸레하게 떠올랐다. 성참판과
함께한 꿀맛 같던 세월이 바로 손에 잡힐 것만 같았다. 한양 가
자마자 세상을 뜨는 바람에 월매 모녀를 영원히 데려가지 못
한 걸 생각하면 속이 다 쓰리다. 그러니 어쩔 것인가. 지미디

운명은 타고난 것일밖에.

"쯧쯧, 시방은 앞뒤 없이 좋아서 저럴 것이다만 세월이 어찌 될지……."

아침이 되어도 두 청춘은 일어날 생각을 못하고 곯아떨어졌 것다. 월매는 춘향이 방문 앞을 몇 번이나 서성이다가 되돌아 서곤 했다. 그러다 아무래도 이도령을 깨워 관아로 돌려보내 야 할 것 같아 조심스레 방문을 열었것다.

"오메!"

월매는 민망하여 차마 방 안을 들여다볼 수가 없었다. 둘 다 실오라기 한 올 걸치지 않은 알몸에 완전 무방비 상태로 누워 있는 것이었다. 몽룡은 북쪽 봉창문 쪽에 머리를 두고 있고 춘 향은 윗목 병풍 쪽에 머리를 둔 채 아주 한밤중이었다.

자신은 열다섯 살에 관아 기생이 되자마자 사또들 수청을 드느라 춘향이보다 더 이른 때에 일찌감치 잠자리를 해 보았 지만 이처럼 퍼질러 자 본 기억이 없다. 밤늦도록 사또랑 잠자 리했다고 누가 봐주기나 했나. 잠자리 끝나자마자 바로 기생 방에 나가 아침 점고 받고 늙은 기생들 눈치 받으며 뒤치다꺼 리를 해야 했으니.

"허! 아무리 여름이라지만 이러코롬 발가벗고 자믄 개좆부 리 걸릴 것인디, 시방 이것이 뭔 꼴이랴!"

월매는 방구석에 말려 있는 홑이불을 펼쳐 춘향이 몸부터 덮어 주었다. 혹시라도 고뿔이 걸리면 안 될 일이었다.

"여름 고뿔은 개도 안 걸린다는디, 야들이 시방 눈에 뵈는 게 없구만……."

몽룡이까지 덮어 주자면 몸을 끌어다 나란히 눕혀야 하는데 차마 몸에 손을 댈 수는 없는 노릇이었다. 월매가 잠든 몽룡을 물끄러미 내려다보아도 몽룡은 가늘게 코만 골며 잘 뿐 인기척을 전혀 느끼지 못했다. 월매는 몽룡의 벗은 몸에서 그 옛날 성참판의 어린 모습을 보았다. 사실 월매의 몸은 열여섯 청춘의 사내를 맞아 본 적이 없었다.

방자는 몽룡이 해가 중천이 되도록 일어나지를 않자 관아로 혼자 뛰어 들어갔다. 그새 안채에서 책방 도령을 찾기라도 하면 낭패이기 때문이었다. 다행히 다른 통인도 몽룡이 외박한 사실을 눈치채지 못한 것 같았다.

방자는 몽룡 대신 책방으로 들어가 글 읽는 시늉을 했것다.

올려본께 높디높은

하늘천에 앉아본께

밑으로다 푹꺼져분

따지로다 남진겨집

얼싸안고 등나무에

칡넝쿨에 친친감은

감을현에 뜨거운몸

그대로라 누리끼리

노릇노릇 샛노란황

집있다고 좋아하니

집우집주 세상넓고

거칠어서 할일많다

홍황홍황 쿵쾅쿵쾅

 다행히 책방 문을 열어 보는 이가 없어서 방자는 얼추 엉터리 천자문을 읊어 책방에 글 읽는 소리를 채워 놓았것다.

 점심때가 지나자 방자는 다시 춘향이 집으로 뛰어갔다. 그때까지도 두 어린것들은 일어나지 않았다. 향단이는 부엌과 춘향이 방 앞을 오가며 안절부절못하고 있었다. 방자는 춘향이 방문 앞에 서서 소리쳤다.

 "되련님! 인자 일어나시오! 그깟 하룻밤 쪼깐 놀았다고 하루 종일 잠만 잘라요?"

 몽룡은 일어나자마자 당황스러웠다. 춘향이와 자신이 알몸으로 홑이불을 덮고 있는 것이 아닌가. 엊저녁 일이 아슴푸레 기억이 났다. 술도 마셨고, 사랑의 다짐 노래도 불렀다. 무엇보다도 춘향이랑 난생처음 사랑 놀이를 했다. 새벽닭이 울고도 한참을 그러고 놀았으니 몸이 천근만근이다.

 몽룡은 방자부터 찾았다.

 "밖에 방자 있느냐? 책방에 가 봐야지."

 문밖에서 방자가 볼멘소리를 했것다.

"내가 책방 되령이우? 되련님이 가야제!"

"나 인제 관아 들어가면 경치겠구나!"

"그랄 줄 몰라서 외박을 했슈?"

"그런 소리 마라. 춘향이한테 장가드느라고 그랬다."

소란스런 소리에 춘향이가 부스스 일어난다.

"오메! 시방 이것이 뭔 일이다냐?"

춘향이는 자신이 알몸인 데다 옆의 몽룡이도 알몸인 채로 누워 있는 걸 보자 소스라치게 놀라 자빠지며 입에서 나오는 대로 소리 질렀다.

"뭘 그리 놀라느냐?"

"도련님……."

춘향이는 엊저녁 일이 떠올라 아무 말도 할 수 없었다. 몽룡이 살송곳으로 자신의 살을 쑤셔 댄 것까지는 기억나는데, 그 뒤로는 캄캄했다. 언제 어떻게 잠들었는지 도무지 기억이 나지 않는 것이었다. 춘향이 중얼거리며 혀를 차는구나.

"어머니 아시믄 어쩐디야."

"벌써 다 알고 있을 텐데, 뭘."

몽룡도 애써 태연한 척은 했지만 걱정이 이만저만이 아니었다. 그래도 마냥 누워만 있을 수 없어 바지저고리를 찾아 입었던 것이다.

"어?"

몽룡이 춘향이 방에서 나오며 코를 손으로 감씨며 비명을 질렀것다. 기다리고 있던 방자가 흘끗 쳐다보더니 혀를 찬다.

"쯧쯧, 밤새 춘향이 방 구들장이라도 뜯고 다시 놓느라 힘 쪼깐 썼는 모양이네. 그깟 방 안 공사 쪼깐 했다고 넘사시럽게 코피를 다 흘리고 그러우? 나는 이 나이 먹도록 여태껏 밤새 맷돌을 돌려도 그런 일 없었슈. 시원찮긴!"

방자가 뭐라 놀리든 몽룡은 대꾸할 기력이 없었것다. 향단이 급히 떠 온 물로 세수를 하고 월매가 뜯어 온 쑥으로 코를 막은 몽룡. 하룻밤 사이 몰골이 볼 만하게 축나 버렸구나. 몽룡은 숙취로 아픈 속과 머리를 가라앉힐 겨를도 없이 춘향이 집을 나섰다. 관아 형편이 어떻게 돌아가는지 알 수 없어 불안했던 것이다.

간밤에 무릉도원에서 놀 땐 세상 근심 걱정 하나 없었건만 지금 당장은 아버지의 불호령이 겁이 나는지 바짓가랑이에서 비파 소리가 나게 부지런히 걷는구나. 그런 몽룡 뒤에서 방자가 깐죽거렸것다.

"사또 영감이 무서운가비요? 고로코롬 겁나는디 뭣 헌다고 코피까정 쏟아 감시롱 외박을 하고 그래유?"

"말 마라."

"말 하라고 뚫어진 입구녁인디 말을 말라고라?"

"허 참, 잔말 말고 어서 들어나 가자."

"들어가긴 어딜 들어가유. 들어갈 구녁은 엊저녁에 다 드나 들었음시롱."

"햐, 방자 너 때문에 내가 미친다!"

"내가 할 소릴 되련님이 하네유."

"너는 왜 미치는데?"

"내가 되련님 오입 티 안 낼라고 새벽 댓바람에 책방에 가서 되련님 대신 소리 내서 글을 읽었지 않았겠소. 햐, 미치겠더구만! 방자가 다른 건 다 혀도 글공부는 취미가 아니란 말이유."

"네가 글을 읽었어? 소리 내서?"

"그라믄요. 진서로 천자 쪼깐 읊어 부렀소."

"그랬더니?"

"아, 그렇게 하고 있은께 다들 되련님이 방에 있는 줄로 알고 아무도 의심을 안 허드만유. 평소에도 도련님 풍월에 어찌구저쩌구 이바구질하는 사람 없었잖이유."

"그랬으면 아까 바로 그랬다고 얘길 해 주었어야지. 이렇게 바삐 서둘러 들어갈 필요도 없잖아."

몽룡이 발걸음을 멈추더니 다시 춘향이 집으로 가려 한다.

"왜유?"

"굳이 관아 갈 필요 없잖아."

"그라믄 아침부터 춘향이 집에 가서 또 오입할라구유?"

"자꾸 오입 오입 할래?"

"얼레? 장가도 안 든 총각이 넘들 눈 피해 감시롱 처녀 집에 밤으로 아침으로 들락거리믄 그것이 오입이제 뭐유?"

"나 엊저녁에 장가들었다. 그러니까 오입이 아니라 게 구녀 제대로 찾아서 한 거다. 진서 전문용어로 말하자면 정입했다 이 말이야."

"정입이고 오입이고 그만 둘러대시오. 도둑장가 든 건 사실 이잖이유."

"장가드는 게 별것이더냐. 좋아하는 계집과 함께 합환주 마시고 같이 가랑이 나란히 하고 하룻밤 보내면 그것이 바로 장가든 거지."

"되련님은 장가도 참 간편하게 들어 부네유잉. 그런 쪽으론 머리가 참 잘 도는디, 으짜까, 과거엔 고런 것은 안 나올 것인디."

"과거를 보기 위해서 하는 것만이 공부의 전부는 아니다. 장가드는 법 연구하는 것도 공부다."

"말씀 하난 잘하셔. 그라믄 나 같은 사람은 그런 공부는 타고났구만유."

"그래서 그런 쪽 얘기만 나오면 바로 방자 왈왈 하잖아."

"내가 언제?"

"내가 이러고 다닐 수 있는 게 다 방자 왈왈대로 했기 때문이다."

방자, 더 할 말이 없었지만 몽룡이 춘향이 집으로 다시 가는 건 싫었다.

"기왕 나선 걸음인께 관아로 들어가고 춘향이한틴 나중에 또 기회 봐서 가든지 말든지 허세유. 그라고 제발 까마귀 아래

152

턱 떨어지는 소리는 인자 그만허슈."

방자가 앞서서 걸음을 재촉하니 몽룡도 하는 수 없이 방자를 따라 관아로 들어갔다.

몽룡은 며칠을 골골하며 책방에 처박혀 있었것다. 마음이야 당장 춘향이 집으로 가고 싶은데 몸이 따라 주지를 않았다. 몸으로 사랑을 나누는 일도 아무나 하는 게 아니었다. 그렇다고 이런 일은 남을 시킬 수도 없으니 어떡하든 혼자 해결해야 할 문제였다.

"방자야, 춘향이 잘 있더냐?"

"나도 모르지유. 되련님이 꽉 붙들어 매서 나도 꼼짝 못하는 신세 아니유."

"아 참, 그렇지!"

몽룡은 춘향이가 어찌 지내는지 궁금했지만 방자를 보내 알아보기도 꺼림칙하여 같이 책방에서 죽치고 있는 것이었다.

"내 참, 되련님이야 공부해야 한께 책방에 죽치고 있는 건 당연하지만 나는 무슨 죄요? 어쩌다 천하의 방자가 책방 죽돌이가 되었는고!"

"책방 방자는 본디 책방에서 사는 거다."

몽룡은 책을 펼치면 춘향이 얼굴이 떠오르고, 잠을 자려고 눈을 감으면 춘향이 속살이 떠올라 미칠 것만 같았다. 그렇다고 책방에서 글 읽는 소리가 나지 않으면 그것도 모양새가 좋지 않을 듯하여 어지로 책을 읊어 대는 것도 못할 짓이었다.

"방자야, 네가 나 대신 책 좀 읽어라."

"일없소이다. 참말로 웃겨. 춘향이랑 노는 일은 넘 못 시키면서 책 읽는 일은 넘 시키려고 하는 맘보는 또 뭐유?"

"그야 내가 몸소 할 일, 남이 할 일이 따로 있어서지."

"글 읽는 일도 넘이 할 일은 아닌께 되련님이 몸소 허시유."

방자는 춘향이 생각만 하면 까마귀한테 까치집 빼앗긴 기분이 들었것다. 그런 남의 속도 모르고 몽룡이 자꾸만 들쑤셔 대니 말이 퉁명스레 안 나갈 수가 없구나. 분위기를 알아차린 몽룡도 어쩔 수 없어 책을 펼쳐 놓고 글을 읽는데.

하늘높이 날아오른
춘향계집 속곳치마
솟구친다 하늘하늘
하늘천자 땅거미가
어둑어둑 내려앉아
땅지자라 도령속이
검게타서 검을현자
얼굴까지 노래져서
누르황자 에이몰라
에이몰라 춘향이야

기껏 책 읽는다는 게 천자문을 읊고 있는데, 그것도 방자가

154

읊던 것보다 더 엉터리이다. 방자, 기가 막혀 혀를 끌끌 찰 수밖에 없으니.

"역시 중증이시네유."

"다 방자 때문이다."

"내 탓은 왜 하시유?"

"네가 나를 감시하면서 춘향이 집에 못 가게 하잖느냐!"

"뭣이라고라? 허 참, 방자가 기가 막혀!"

9장
사랑은 눈물의 씨앗

몽룡은 낮이면 책방에서 엉터리 글 읽기로 시간을 보내고 밤이면 춘향이 집에 갔것다. 구매혼인을 한 까닭에 내놓고 당당하게 드나들 처지가 아니어서 사또 자제 체면 차릴 염도 없이 개구멍서방 노릇을 해야만 했으니, 춘향을 향한 몽룡의 사랑도 어지간한 것이렷다. 몽룡은 이제 굳이 방자를 달고 다닐 필요도 없어졌다. 혼자서도 잘하는 의젓한 청년이 된 것이렷다. 어쩌면 방자를 달고 다니는 게 되레 귀찮은 일이 되어 버렸는지도 모른다.

까닭에 방자는 울며 겨자 먹기로 몽룡이 대신 책방을 지키며 무슨 일이 있으면 얼른 조치를 취하기도 하고 몽룡을 급히 부르기도 했것다.

그사이 몽룡이와 춘향이 둘은 갈수록 사랑 놀이 기술이 늘어 이젠 거의 달인의 경지에 이르렀으니, 때는 여름 가고 가을바람에 오동나무 잎이 서걱거리며 뜰을 쓸고 다니는 참이렷다.

몽룡의 거동 보니 밤마다 춘향이 집에서 외박한 뒤 새벽에 이슬 맞고 돌아오는 밤손님이 따로 없었것다. 하지만 얻는 게 있으면 잃는 것도 있는 법. 사랑에 취한 건 좋은데 도대체 공부를 할 수 없어 마음은 초조하고, 게다가 밤마다 합을 이룬 까닭에 얼굴은 수척하여 반쪽이 되었것다. 몽룡의 어머니는 아들이 공부에 너무 전념하여 몸을 상하지 않을까 걱정이었다.

"과거가 무언지……. 이러다 하나밖에 없는 아들 잡겠다. 몽룡아, 쉬어 가면서 공부하고 약 달인 것 열심히 먹도록 해라. 금강산도 식후경이라 했느니라. 공부도 몸이 있고 나서 할 수 있는 일 아니겠느냐."

어머니가 몸 생각을 해 줄 때마다 몽룡은 속으로 뜨끔했다. 그러나 어찌 표를 낼 수 있으랴.

"어머니, 너무 걱정하지 마십시오. 약은 잘 먹고 있습니다. 예부터 요강 물에 빠져 죽은 사람은 있어도 공부에 빠져 죽은 사람은 없답니다. 차라리 공부하다 죽으면 가문과 저의 영광이지요."

그 말을 하는 내내 몽룡은 얼굴이 화끈거렸다. 죽을 만큼, 몸이 축날 만큼 공부에 빠졌다면 덜 부끄럽겠지만, 자신은 지금 춘향이에게 빠져 있다. 예부터 사랑에 빠져 죽은 사람은 부지기수이다. 자신도 이제 그 대열에 들어섰다. 사랑을 하다 죽느냐 사느냐, 그것이 문제로다.

춘향과 몽룡 두 청춘은 날이 가고 달이 갈수록 정은 더욱 깊어지고, 한시라도 떨어져 있으면 불안 초조 상태에 빠지는 지경에 이르렀다.

그런 어느 날이었다. 그날 밤도 몽룡은 춘향이 방에서 젊은 정을 맘껏 나누고 있는 참인데, 숨이 턱 끝까지 차오른 방자가 몽룡을 급히 찾았것다.

"되련님! 사또 영감께서 급히 찾으십니다."

"왜 찾으신다느냐?"

"내가 그 속을 어찌 알겠습니까? 어서 들어가 보슈."

"뭐 짐작되는 일 없느냐?"

"한양에서 연락관이 와서 관아가 발칵 뒤집힌 것 같은디, 나 같은 놈이 무슨 일인지 으찌께 알겠슈."

"방자 왈, 방자가 눈치코치 십구 단이라더니 아직 그걸 파악 못했단 말이냐? 쯧쯧."

몽룡이 몹시 못마땅해했것다.

이 대목에서 방자가 가만있겠는가. 방자가 고개를 갸우뚱 기울이며 양미간을 좁히더니 의미심장한 척했것다.

"짐작되는 바가 없는 건 아니지유."

"뭔데?"

몽룡의 눈이 빛났것다.

158

방자는 태연하다.

"아, 사또 자제가 도둑장가 든 게 한양까지 소문이 났는갑쥬."

의미심장한 척하던 태도와는 달리 방자가 툭, 가볍게 내뱉자 몽룡이가 톡 쏘아붙였다.

"미친 놈! 내가 무슨 도둑장가를 들었다고 그러느냐? 널리 알릴 수 없어 구메혼인을 한 것뿐이지."

"둘러치나 메어치나, 똥이나 변이나, 쉬나 오줌이나, 다 그게 그거 아니겠수."

방자가 애써 너스레를 떨지만 몽룡은 은근히 걱정되었다.

"암튼, 한양에서 연락관이 왔는데 나를 왜 찾는다는 게냐……."

"시방 이바구질할 시간 없어유. 빨랑 들어가서 직접 알아보란께유."

몽룡은 내키지 않는 발걸음으로 춘향이 집을 나와 동헌으로 가 아버지를 만났다. 부른 지가 한참 되어, 책방에서 동헌까지 열 번도 더 왔다 갔다 하고도 넘칠 시간이 흘렀는데 이제야 아들이 나타나자 노여움이 얼굴에 가득했것다.

"이놈아, 아비가 찾으면 후딱 달려와야지, 어딜 쏘다니다 이제야 나타나느냐? 집안에 경사가 있는 줄도 모르고 여태껏 뭐했느냐?"

"광한루에 밤바람 좀 쐬리 나갔습니다."

"광한루가 네 외갓집이라도 된단 말이냐? 이 밤에 사또 아들놈이 거기서 무슨 볼일이 있다고!"

"공부하다 잠깐 바람 좀 쐰 것뿐입니다. 그런데 무슨 경사가 있습니까? 혹시 어머니께서 제 동생을 보셨습니까?"

"야, 이놈아! 네 어미가 할머니 소리 들을 때가 다 되었는데 무슨 동생 타령이냐?"

"그럼 무슨 일로……?"

몽룡이 기어들어 가는 목소리를 냈다. 사또가 조금 전과는 달리 차분하게 대답했다.

"아비에게 동부승지를 맡기는 교지가 내려왔다, 흐흠."

"한양에서요?"

"그렇지. 임금님 곁으로 가는 거지."

몽룡은 자기도 모르게 한숨이 나왔다.

"아비 앞에서 웬 한숨을 그리 길게 쉬는고? 너는 아비가 승진하여 내직으로 들어가는데 기쁘지 않느냐?"

"저라고 기쁘지 않겠습니까만, 이제 막 글 읽기에 속도가 붙었는데 다시 한양으로 돌아갈 생각을 하니 번잡해서 그럽니다."

"번잡할 것 뭐 있겠느냐. 뒷정리는 내가 하고 나는 며칠 뒤 한양으로 갈 테니, 너는 단출한 차림으로 식구들과 내일 바로 떠나거라."

"내일 당장요?"

160

"그래."

몽룡은 입이 탁 닫히고 가슴이 막혔다. 하지만 누구 안전인가? 아버지는 관아 구실아치들에게만 어려운 존재가 아니라 늦둥이로 외아들인 자신에게도 어려운 존재이다.

몽룡은 속이 새카맣게 타들어 가는 느낌이었지만 더는 아무 말도 못하고 아버지 앞을 물러 나와 어머니에게 갔것다.

"어머니, 제가 지금 병이 나서 먼 길을 가기 어렵습니다. 그러니 어머니가 아버지께 잘 말씀드려서 며칠 말미를 달라고 하십시오."

"네 얼굴이 반쪽이 되긴 했다만, 병이 있다는 소린 지금 처음 듣는구나."

"병도 그냥 병이 아니라 죽을병입니다."

"무슨 말을 그렇게 하느냐? 알아먹게 해 봐라."

몽룡은 울면서 춘향이와 있었던 일을 자초지종 자세히 이르지 않을 수 없었것다. 몽룡의 얘기를 다 듣고 난 어머니는 가슴을 치며 분을 터뜨린다.

"나는 네가 그간 공부하느라 얼굴이 축나는 줄 알았더니 밤마다 개구멍서방 노릇하느라 그랬구나. 하라는 공부는 안 하고 밤마다 마실 나갔다 이슬 맞고 들어오다니! 그간 괴이한 소문이 돌아도 널 믿고 아버지한테 아무 말씀 안 드렸더니, 이제 보니 헛소문이 아니었구나!"

"어머니, 제 사정을 좀 돌봐 주십시오."

"들을 것 없다. 네가 양반집 자제로 태어나 천한 퇴기 딸하고 백년가약을 맺었단 말이냐? 백일가약도 아니고 백년가약을 네 맘대로 맺다니! 이건 양반 집안 신세 망치는 일이고 네신세조차 망치는 짓이다. 당장 물러가 한양 갈 준비나 해라! 병은 무슨 죽을병! 이 녀석이 상사병이 들었구만. 상사병엔 멀리 떼어 놓는 게 최고니라!"

믿었던 어머니마저 자신을 나무라자 몽룡은 다리에 힘이 풀려 어머니 앞을 물러 나왔다. 앞일을 어찌해야 좋을지 방책이 서질 않았것다. 그냥 가자니 태산이요, 돌아서자니 숭산이라. 꼼짝달싹 못하게 된 진퇴유곡, 진퇴양난이라는 말이 딱 그 짝이렷다.

몽룡은 일단 춘향이를 만나야 될 것 같아 다시 춘향이 집으로 갔다. 춘향이를 보자 울음이 쏟아졌것다.

"아니, 도련님? 어쩐 일로 울며 들어오십니까?"

몽룡은 아무 말도 못하고 더 서럽게 울기만 할 뿐이었다.

"사또께 꾸중이라도 들으신 겁니까? 아니면 집안에 초상이라도 난 것입니까? 이도저도 아니면 남원 건달들에게 붙들려 욕을 보셨습니까?"

몽룡은 고개를 가로저었다.

"그라믄, 네댓 살 먹은 어린애도 아닌데 챙피하게 징징 짜고 다니시우?"

"차라리 꿈이었으면 좋겠다!"

162

"뭐가요? 알아묵게 얘길 해야지요."

"아버지가 동부승지로 가시게 되었다."

"그라믄 집안에 경사가 난 것인디 왜 운단 말이오?"

"아버지한텐 경사지만 나한텐 불행이라 그러지."

"아버지가 잘되믄 아들도 잘된 것인데, 도련님한테 불행이라니요?"

"우리가 헤어지게 생겼으니까 그렇지."

"우리가 왜 헤어진단 말이오?"

"나더러 내일 당장 한양으로 올라가란다. 남의 집 머슴살이나 벼슬살이는 명을 받는 즉시 끓고 있는 밥도 두고 간다면서……."

"그거 잘됐네유. 도련님이 먼저 한양 가서 자리 잡은 뒤에 기별만 하면 나도 올라가면 되잖아유."

"그게 그렇지가 않다."

"그럼 또 뭐가 있는디유?"

"네 얘기를 아버지한텐 꺼내지도 못하고 어머니한테만 말씀드렸는데, 꾸중만 몇 바가지 듣고 말았다."

"그라믄 시방 나를 한양으로 못 데려간다, 이 말이오?"

몽룡이 차마 대답을 못하고 고개만 힘없이 끄덕거리는데, 춘향은 바로 악이 받쳐 온몸을 가을바람에 수수 이파리 떨듯 하는구나.

"뭣이 으짜고 저째요? 시방 하는 말이 맘인 줄 알고ᅡ 허시유? 나를 여그다 내팽개치고 도련님 혼자서만 한양으로 내빼겠다고라?"

춘향은 눈꼬리를 추어올린 채 눈썹을 파르르 떨며 악다구니를 썼다. 게다가 지금까지 예를 갖추어 쓰던 말과는 달리 입 터진 대로 나오는 말을 마구 써 댔다. 춘향이 속 어디에 저런 모습이 들어 있었을까 싶었다. 춘향이 아예 발버둥을 치며 치맛자락을 쫙 찢어발기는데, 얼굴 표정이 금세라도 무슨 일을 낼 것만 같다. 몽룡이 아무 말 못하고 바라만 보자 춘향은 더욱 악이 받쳐서 자신의 머리카락을 쥐어뜯어 두 손으로 비벼 뭉치더니 몽룡 앞에 내던졌다. 몽룡은 할 말이 없어 춘향을 달래지 못하는데 춘향은 본격적으로 신세 한탄에 들어갔것다.

여보시오 동네방네
남원고을 사람들아
이팔청춘 춘향이가
사람하나 잘못만나
몹쓸신세 다되었소
아리땁던 이팔청춘
이런저런 말들어서
구슬리고 맹서하며
천년만년 굳은약속
이제와서 뱉어버려

끈떨어진 연신세라
한양양반 모진줄은
진즉부터 알았지만
이제와서 당해보니
징하구나 독하구나
좋다하며 들이칠땐
간쓸개도 내놓더니
뜬금없이 이별기별
무심하게 던져놓네
애고애고 설운신세
무정할사 이도령아
가려거든 어서가소
우는꼴도 비는꼴도
보기싫소 속보이오

　춘향이는 고래고래 소리 지르며 몽룡을 원망하며 가슴을 쥐어뜯었건만 월매는 어린것들이 사랑싸움을 하는 줄 알았것다.
　"눈꼴시고 귀 간지러워서 못 참겠네. 사랑싸움도 엔간히 해라, 이것들아. 이러다 오늘 저녁 생송장 둘 실려 나가게 생겼구만. 나 참, 아니꼽고 넘사시러서 못 듣겠네. 이내 신세 박복하여 딸년 사랑싸움까정 들어야 하는구나."
　그런데 한참이 지나도 춘향이 우는 소리가 그치지 않으니,

아무래도 무슨 변고가 생겼나 싶었것다. 참다 못해 춘향이 방으로 월매 건너가는구나. 세상에! 방 안 꼴이 말이 아니렸다. 춘향이는 너부러져 있고, 머리는 쥐가 뜯어먹은 것 같고, 몽룡은 구석에 앉아 청승맞게 눈물만 흘리고 있는 것이었다.

"춘향아, 시방 이 꼴이 뭣이다냐? 싸울 일 있어도 곱게 싸워야제, 방 안에서 아주 난장질을 하믄 어떡한디야? 니 에미가 죽은 것도 아니고 이도령도 멀쩡하고만, 뭔 울음을 고로코롬 울어 댔다냐?"

"도련님이 날 버리고 간다는디 곱게 싸워지겠소!"

"뭣이라고? 시방 그게 뭔 소리다냐?"

"도련님이 내일 한양으로 올라가는디 나는 두고 간단 말이우."

월매, 기가 탁 막힌다. 예전에 성참판이 한양 갈 때도 똑 이런 식이었다. 먼저 가서 기별하면 오라 하더니, 나중엔 춘향이 젖 떨어지면 올려 보내라더니, 그 전에 자신이 세상 떠 버렸것다. 월매, 자기 신세 생각하자 더욱 독이 오른다. 딸년 춘향이도, 이도령 몽룡이도 다 꼴 보기 싫다.

춘향이년 이자리서
혀빼물고 자진해라
더살아서 무슨영화
더볼거냐 너죽은몸

저리잘난 양반도령
한양갈때 지고가게
이자리서 죽어줘라
이러길래 안된다고
처음부터 말렸건만
대를물려 처량신세
면할길이 없이됐다
어서빨리 죽어줘라
그러길래 뭐라더냐
구녁보아 쐐기깎고
가죽있고 털난다고
두번시번 귀가닳게
말했건만 듣지않고
에미말을 무시하고
니맘대로 저지른일
수습할길 막막하다
무자식이 상팔자라
어이해서 그말덮고
어화둥둥 내딸내딸
하였던고 애구애구
속이탄다 답답혀라

몽룡이라고 월매의 독설을 피할 수 있겠는가. 월매는 이번
엔 몽룡을 향해 퍼붓기 시작했것다.

　이보시게 잘난도령
　처음부터 층이진께
　인연맺지 말랬는데
　감언이설 혀를놀려
　우리딸년 신세망쳐
　에미까지 가슴터져
　오장육부 검게변해
　이원망을 어디가서
　풀란거요 넘들웃음
　귓등으로 넘겨가며
　곱게기른 우리딸년
　부족한게 뭣이라고
　한입으로 두말하고
　백년가약 무색하게
　백일가약 가까스로
　해보자고 우리모녀
　감쪽같이 속여왔소
　우리모녀 신세꼴이
　가을하늘 새털일세

168

애고애고 설운지고

몽룡은 월매의 매서운 눈길을 피해 겨우 한마디 했것다.

"장모, 너무 이러지 마시오. 나라고 가고 싶어 가겠소? 또 간들 아주 가겠소? 그리고 아주. 간들 춘향이를 잊겠소? 그러니 너무 그러지 말고 내 말 좀 들어 보소."

"이도령인지 저도령인지, 말 한번 잘했소. 아주 가도 춘향이를 잊지 않겠다고? 그런 말이 시방 입 밖으로 나오는 것 본께 속이 아주 거무튀튀한 사람일세."

"장모, 고정하시오. 이번엔 못 데려가도 다음번에 데려갈 거요."

"지금 당장 눈앞에서도 못 데려가는 사람이 나중에 무슨 재주로 데려간단 말이오? 가을에 못 지낸 제사 봄엔들 지낼까?"

"내가 알아서 다 할 것이오. 좌우지간 지금은 곤란하니 조금만 기다려 주시게."

"기다릴 일이 따로 있제, 나는 더 못 기다리겠소! 성참판 때부터 내 겪어 본께 양반들이라는 인간 종자는 입만 벌리믄 거짓말만 해 쌓는 거짓말의 달인들이던데, 양반 종자인 도령 말을 내가 으찌께 믿고 기다린단 말이오!"

월매는 이제 넋두리를 대놓고 풀어 놓기 시작한다.

"한양 간 잘난 이도령 기다리다 내 딸 춘향이 머리에 백설이 내려앉고 이내 몸은 배골 디믄 그때 가서 무슨 소용 있단 말인

가. 젊은 청춘 한번 가면 그때 가서 님이 온들 뭘 돌이킬 수 있을까. 내 한 번 양반한티 속았으믄 두 번 다시 안 속아야 하거늘 이 늙은 년의 신세 박복하야 대를 물려 양반한티 속는구나! 돝아지 팔아 한 냥에 개 팔아 닷돈 해서 냥반인지 양반인지 하는 인간들 심보 진작에 알아봤음시롱 또 속았구나!"

월매가 몽룡을 마구 닦달을 해 대는 사이 춘향이가 겨우 정신을 차려 말려 본다.

"어머니, 그만하시우. 도련님도 그러고 싶어 그랬겠소. 시방 도련님 속도 말이 아닐 것이오. 당장 먼 길 떠나야 하니까 너무 몰아치지 마시오."

"하이구, 니년이 그래도 서방이라고 도령 역성을 드는구나. 너 잘났다! 잘난 도령에 잘난 딸년, 아주 지 짝끼리 지대로 만났구나!"

"어머니, 그래도 그렇게 말하는 것 아니우. 인자 고정하시우."

춘향이 가라앉은 덕분에 몽룡이 가까스로 기운을 얻어 입을 열었것다.

춘향이야 고맙구나
너와내가 다짐한일
내반드시 지킬테니
내가보고 싶을때면

170

이거울을 보려므나

나의마음 거울같이

언제까지 맑고빛나

먼지터럭 하나없이

깨끗하고 미끌매끌

할터이니 나를보듯

거울보고 막힌심사

비춰보며 시름달래

다시만날 그날까지

달이달달 날이날날

기다리고 기다려서

다시보자 다시보자

몽룡은 품속에서 거울을 꺼내 춘향에게 건네주었것다.

춘향이, 거울을 한참 들여다보더니 다시 울음을 운다.

"도련님, 우리 정말로 이별을 하는 것이우? 날 놀려 보느라 거짓으로 농 삼아 헌 말이믄 지금이라도 되돌려 놓으시믄 좋 겠소. 애고애고! 갑작 사랑 영 이별이라더니, 넘의 말이 아니 었구나!"

몽룡은 불에 탄 개가죽 오그라들듯 온몸이 졸아들고 가슴이 찢어지는 것 같았으나 자기 힘으로는 이 상황을 되돌릴 수가 없어 그저 눈물만 주르륵 흘릴 뿐이었다. 춘향이는 손에 끼고 있던 옥가락지를 빼 몽룡에게 건네주는구나.

"도련님도 춘향이가 생각날 때마다 이 가락지를 보세유. 내 사랑은 도련님밖에 없어유. 죽을 때까지 도련님 곁에서 둥근 가락지맨치로 빙빙 돌 거유."

"고맙다, 춘향아. 우리 반드시 다시 만나 오늘 일 옛날이야 기처럼 하며 살자꾸나."

밤은 깊어 인경 소리도 진즉 났는데 둘은 떨어질 줄 모른다. 그렇다고 이별을 안 할 수도 없으니, 새벽이 다 되도록 둘은 울며 훌쩍이며 밤을 꼴딱 새우는구나.

방자가 새벽같이 달려와 몽룡을 찾았다. 이제 정말로 이별을 할 시간이다. 사랑은 결국 눈물을 남기고 만 것이다. 둘이 떨어지지를 못하고 하도 서럽게 우는지라 월매도 모진 말을 더 못하고 뒤돌아 옷고름으로 눈물을 찍어 내며 긴 한숨을 토할 뿐이었다.

"어차피 갈라질 것, 인자 그만 울고 갈라지그라. 이러다 쓰러지믄 졸지에 송장 둘 칠 일 생기겠다."

월매 말에 두 사람은 더 붙어 있지 못하고 갈라서는데, 방자도 향단이도 차마 이별 광경을 볼 수 없어 먼산바라기만 할 뿐이었다.

10장
미꾸라지가 용이 되어 물을 흐리다

한양의 몽룡은 남원에 두고 온 춘향이 생각에 밤이고 낮이고 가슴이 먹먹하고 말라만 갔것다. 당연히 책은 눈에 들어오지 않고 하루 종일 멍한 눈빛으로 보낼 뿐이니 공부가 제대로 되겠는가.

과거 날짜는 부득부득 앞으로 다가오는데 머리를 싸매고 집중할 수가 없었것다. 과거 답안지 크기로 화선지를 잘라 글씨를 써 보지만 붓 지나간 자리는 지렁이 기어간 것 같거나 춘향이 형상뿐이었으니, 병이 들어도 중증으로 든 것이렷다.

밤낮으로 글을 읽어 문자 속이 확 터져도 과거 급제가 될까 말까 하는데 밤낮으로 춘향이 생각뿐이니 이를 어찌하나. 집집마다 과거 볼 아들을 둔 집이면 글로는 이태백에 글씨로는 왕희지라야 된다며 닦달들이었것다. 어쩌다 조선의 과거 시험 수준이 이리 높아야 하는 거냐며 투덜대는 사대부가 없는 건 아니었지만, 현실은 아무도 무시할 수 없어 그저 자식을 닦달할 수밖에. 그런데도 몽룡은 글도 제대로 읽지 않고 붓장난으로 춘향이 얼굴이나 그리고 있으니 시험은 보나 마나일 터.

그러는 사이 세월은 흘러 마침내 과거 날이 되었것다. 몽룡은 과거장에 가기도 싫었지만 과거에 응시조차 안 할 수는 없어 도살장 가는 소 발걸음처럼 무겁게 걸음을 걸어 과거장에 이르렀으니.

'춘당대의 봄빛은 예나 지금이나 같구나'가 시험 문제로 내걸렸것다. 시제를 보자마자 몽룡은 한숨부터 내쉬는구나. 그도 그럴 것이 춘당대의 춘 자도 춘향이의 춘 자요, 봄빛의 봄도 춘향이의 봄 춘이니, 춘향이와 인연, 과거장까지 이어진 탓이렷다.

몽룡은 붓에 먹물을 담뿍 묻힌 뒤 춘향이를 먼발치에서나마 처음 본 광한루의 봄을 일필휘지로 써 갈겼것다. 그리고 마지막에 춘향이 이름자까지 풀이했으니.

봄빛 속에 봄 향기 뿜는 사람
조선 땅에 오직 하나 있으니
이름 하여 남원 고을 춘향이라
예나 지금이나 그 향기 같구나

더 머리를 싸매고 말 것도 없었다. 몽룡은 시험 종료를 알리는 북소리가 날 때까지 가까스로 견디다 첫 북소리 나자마자 시험 답안지를 일착으로 내고 시험장을 빠져나왔다. 이를 본 시험관들 고개를 몇 번 갸웃거리는가 싶더니, 더 고민하고 말 것도 없이 바로 그 자리에서 당연히 낙방 처리 했것다.

"이몽룡이라면, 동부승지 이한림의 자제 아니오? 그런데 공부를 머로 안 하고 불알주머니로 한 모양일세. 내 시험관 말은 이래 이런 답안지는 처음 보오. 어쩐지 일찍 내고 나간다 했더니만……."

몽룡은 나라에 경사가 있어 다음 철에 치러진 특별 과거에서도 역시 낙방을 했것다. 이제나저제나 늦둥이 아들의 과거 급제만을 기다리던 몽룡의 아버지는 몽룡이 연거푸 시험에 떨어지자 실망이 이만저만이 아니었다. 더구나 시험관들한테서 몽룡이 엉터리 답안지를 낼 정도로 공부가 안 되어 있다는 말을 전해 들은 뒤엔 더욱 낙심하였으니.

"자식 농사는 부모 마음대로 안 되는 줄은 알았지만 내 자식이 차마 이 정도일 줄이야……. 어찌하나……. 자식이 둘도 아니고 하나뿐인데……."

몽룡의 아버지는 시름시름 앓기 시작하더니 그해 겨울도 채 넘기지 못하고 세상을 뜨고 말았것다.

몽룡의 아버지가 갑자스레 세상을 뜨고 나자 몽룡의 어머니도 이듬해 봄 끝자락에 덩달아 세상을 버리고 말았다. 어머니는 아버지에게 말은 안 했지만, 몽룡이가 춘향이와 부모 몰래 백년가약 맺은 일로 남몰래 속을 무던히도 썩이고 있었던 것이다.

"다 내 탓이네……. 이제 저승에 가도 몽룡이 아버지 볼 낯이 없네……. 못된 송아지 엉덩이에 뿔 난다더니, 딱 그 짝 되고 말았으니……. 아비 미칠 자식 없다는 말이 다 남의 말인 줄 알았는데 어쩌다 내 자식이 저 모양인고, 어휴. 제 아비가 한 것 반의 반만 미치었어도 집안이 이런 꼴 나지 않았겠구만……. 도둑의 때는 벗어도 자식의 때는 못 벗는다더니 자식 잘못 키운 내 잘못이네, 애구애구."

이리하여 이씨 가문의 외아들 몽룡은 졸지에 양친 부모 다 잃어 사고무친 신세가 되고 말았구나.

몽룡의 아버지 이한림은 본디 성정이 꼿꼿하여 나랏일 말고는 집안 재산을 늘리는 이재 같은 데는 전혀 관심이 없던 사람이라 본인 당대에는 전답 한 뙈기 늘린 게 없고 조상 대대로 물려 내려온 전답이나 가까스로 간수할 뿐이었다. 그나마 세상 뜨면서 기왕 있던 전답은 물론 벼슬살이하며 받은 녹봉까지 아낌없이 집안 하인들에게 나누어 주며 모두 면천을 시켜 주었으니, 몽룡이 물려받을 재산은 하잘것없었다.

"못난 자식한테 재산 물려줘 봐야 없애는 데 하루 아침도 걸리지 않을 테니 차라리……."

아버지는 이런 생각에 재산을 물려주지 않았다. 사실 몽룡도 재산이 있든 없든 재물에는 춘향이 발뒤꿈치 들여다볼 만큼의 관심도 없었다. 그나마 물려받은 전답마저 제대로 챙겨볼 생각을 내지 않았으니, 하루아침에 거지 아닌 거지가 되고 말았것다. 과거도 안 된 데다 부모까지 모두 세상을 뜨는 바람에 가세가 순식간에 기울 대로 기울어 버렸다.

부자는 망해도 3대를 간다고 했건만, 몽룡의 집안은 애초에 드러날 정도의 부자도 아니었다. 그런 처지라 3대는커녕 당대에 모든 것이 다 거덜 나고 말았다. 그릇도 차면 넘치고, 달도 차면 기우는 꼴이 되고 만 것이로다.

몽룡은 이래도 죽을 맛 저래도 죽을 맛이니 기왕 죽을 거면 남원에 가서 춘향이나 보고 죽자며 길을 나서는데, 거지도 그런 거지가 없으렷다.

한편 구관 사또 이한림이 동부승지직을 명 받아 한양으로 간 뒤 변학도라는 이가 새로 남원 사또직을 맡아 왔것다. 신관 사또 변학도는 문장도 어지간히 갖추었고 풍채도 그럴싸하게 넉넉하여 겉보기엔 호인이 따로 없으나, 속 쓰는 건 세상 보기 드물게 좀스럽기 짝이 없는 위인이었다.

변사또에게도 이몽룡과 동갑인 아들이 있었으니 그 이름은 수룡이렷다. 그도 명색이 양반집 자제인데 태몽이 없을 수 있겠는가. 그의 어머니, 수룡을 잉태했을 때 논두렁 물꼬 밑 얕은 물에서 미꾸라지가 퍼덕거리며 노는 꿈을 꾸었것다. 그렇다고 아들 이름을 미꾸라지가 용 되기 바라며 추룡(鰍龍)이라고 지을 수는 없는 일. 물꼬 밑 얕은 물일망정 물은 물이로다. 미꾸라지일망정 용이 되어 하늘로 올라가지 말란 법이 있겠는가. 그리하여 그의 이름은 물에서 노는 용으로 수룡(水龍)이 되었으니, 지렁이 꿈에서 비롯한 몽룡이라는 이름보다 훨씬 더 절묘하다 할 것이다. 미꾸라지 천 년에 용 된다고 했지만, 수룡이 어느 천 년에 용이 될지는 모르는 일이었다.

수룡은 남원에 오자마자 춘향이 소식부터 챙겼다. 그러나 이미 구관 사또 자제 몽룡이 춘향이와 관계를 맺었다는 사실을 알게 되자 시샘이 일고 분이 나기 시작했것다. 한양 살 때 몽룡이와 어울려 놀 때는 동무였지만 지금은 저주의 대상이 되었으니, 자고로 여자를 두고선 영원한 적은 있어도 영원한 벗은 없는 법이렷다.

"이런 씨부럴, 우리 아버지는 왜 몽룡이 아버지보다 늦게 남원 사또가 된 거야. 에이, 한발 늦었잖아!"

그런데 변수룡이 춘향을 두고 당장 다투어야 할 이는 이미 한양으로 떠나간 몽룡이가 아니라 바로 남원 고을 최고 실력자인 자기 아버지 변학도였으니, 꼬여도 심하게 꼬인 셈이렷다. 변수룡이야 이팔청춘 꽃띠이니 암내 맡으며 저잣거리를 헤매는 게 당연하다면 당연하겠지만, 가관인 것은 그의 아비 신관 사또 변학도였다. 변학도 역시 춘향이 소문을 진작에 들어 알고 있었던 것이다. 늙은 말이라고 풋콩을 마다하겠는가.

178

하지만 낙락장송도 근본은 종자에 있다고 했거늘, 변씨 집안 내력 이러하니 더 물어 무엇하겠는가.

사또로 부임하자마자 변학도가 제일 먼저 한 일은 기생 점고렷다. 이에 아전들이 수군대는 것은 당연한 이치.

"지랄이구만. 사또로 내려왔으믄 고을 살림살이부터 챙기는 게 순서제, 계집들 밑구녁부터 챙기는 게 신관 사또가 처음으로 할 일이여?"

"누가 아니랴. 나라님은 으쩌자고 저런 인간을 새 사또로 내려보냈다냐. 기생집 오래비도 아니고……."

"늙은 말이 콩 더 달라고 함시롱 콩밭으로 간다더니, 신관 사또 마음은 시방 콩밭에 가 있는 것이여!"

아전들이 무슨 소리를 하는지 알 턱이 없는 변학도는 춘향이 소문을 익히 알고 있어 남원에 가면 가장 먼저 춘향이부터 챙기리라는 다부진 포부를 품고 있었다. 그러나 기생 점고에 춘향이가 나타날 리 없었으니, 춘향이 끝내 나타나지 않자 본색을 드러내며 행패를 부리기 시작했것다.

아전들한테서 춘향이가 기생 노릇을 한 적이 없어 기생 점고를 받지 않는다는 보고를 받자 변학도는 더욱 감때사납게 변했것다.

"감히 사또한테 그런 걸 보고라고 하는 거냐? 기생 딸이면 저도 기생인데 사또가 직접 하는 기생 점고에 안 나타나고, 뭐 수절을 채? 처! 기생 주제에 절개를 지켜 불경이부하고 일부

종사한다고? 그년이 아주 고얀 년이고만! 기생이 무슨 정절이
야! 기생이 열녀 되는 법 있으면 까마귀가 학도 되겠구만!"

변학도는 춘향을 잡아들여 옥에 가두게 했다. 이어 춘향 어
미 월매가 이한림 사또 시절에 환곡으로 꾸어 간 관아 곡식을
당장 한 달 안에 세 배로 갚으라 하였으니, 이방들조차도 입을
짝 벌릴 수밖에. 이래서 구관이 명관이라는 말이 생겼으리.

"애비 없는 딸년하고 보릿고개 넘기느라 관아 곡식 빌려다
가 형편 닿는 대로 쪼깐씩 갚아 가고 있는디, 뭐? 빌려 간 곡식
을 세 곱으로 갚으라고? 그것도 당장 한 달 안에? 시상에 이런
법이 어디 있다냐! 사또가 아니라 용천배기 콧구멍에 박힌 마
늘씨도 파먹을 징그러운 인간이구만!"

월매는 환곡을 갚으라는 통고를 받자 죽을 맛이었다. 하나
뿐인 피붙이 춘향이만큼은 손에 물 안 묻히게 하느라 오갈 데
없는 향단이 붙여 주고, 기생 딸이지만 술병 안 따르게 하느라
늙은 자신이 죽어라 술장사 해 가며 애써 주막일 해서 세 사람
목구멍에 풀칠하고 살아왔다. 겉으로 보면 호사하는 것 같아
도 속으론 빚내 가며 사는 살림살이였는데, 갑자기 마른하늘
에 날벼락 떨어지는 꼴이렷다. 지금 당장 뒤주를 뒤져도 새앙
쥐 볼가심할 정도의 곡식밖에 남아 있지 않은데, 당장 빌려 간
곡식을 갚으라니. 그것도 세 배로 쳐서!

월매는 새삼 사또가 바뀐 세월을 실감하며 춘향이 어릴 적
가지고 놀던 노리개는 물론 돈 될 만한 세간을 모두 내다 팔아

가까스로 환곡을 정리하였것다.

"인자 똥 묻은 속곳까정 다 팔았은게 뭘 갖고 산다냐!"

월매는 거의 제정신이 아니었다.

수룡은 춘향이가 옥에 갇히자 기회는 이때다 싶어 재빠르게 옥으로 춘향이를 찾아갔것다. 춘향이를 보니 과연 듣던 바 그 대로 절세미인이었다. 옥살이를 하느라 얼굴은 수척해 보였지만 그래서 더욱 기품 있는 자태가 빛나 보였다. 명불허전이로다! 수룡은 가슴이 마구 뛰었다.

수룡은 춘향을 보자마자 건들거리며 말을 건넸다.

"네가 춘향이라는 기생이구나. 내 말만 잘 들으면 여기서 고생할 필요가 없다. 내 말 들을 테냐?"

"기생? 어디서 굴러먹다 온 인간이기에 나를 그렇게 보는 것이유?"

"어? 너 기생 아니냐?"

춘향, 기가 막히고 어이가 없었것다.

"누군디 여그 와서 행패냐고!"

"나? 나를 아직 모르는구나. 나로 말할 것 같으면 사또 어르신의 큰 자제 되는 사람으로 수룡이라고 한다."

"사똔지 감똑인지 아들 한번 물짜게 싸질러 놓았구만!"

"뭐? 뭐라고? 남원 말 말고 한양 말로 해 봐라. 물짠 것이 어떻다고?"

"물짠 것이 물짠 것이제, 그걸 몰라 물어? 나는 말귀두 못 알아먹는 이녁 같은 종자하곤 대거리하기 싫은께 다른 디나가 보시오. 개 이빨에서 상아 나오는 법 없는 줄 알지만 대를 물려 꼴불견이구만! 집안이 결딴 나믄 생쥐가 춤춘다더니, 내가 이 신세 이 꼬라지 되어 여기 갇혔은께 별것이 다 와서 깝치는구만!"

춘향이에게 놀림을 받았다고 여긴 수룡은 옥졸을 다그쳐 춘향이를 옥방 문 앞까지 끌고 오게 하였겄다. 춘향이를 한 대 쥐어박아서라도 말본새를 고치려 했으나, 막상 춘향이 얼굴을 더 가까이 보자 음심이 작동하였겄다. 그리하여 춘향이 손목을 슬며시 잡는데, 바로 그때 방자와 향단이 사식으로 넣어 줄 음식을 가지고 왔으니.

방자가 옥졸에게 알은체 인사를 하더니 바로 수룡을 째려보았겄다.

"야, 인마! 너 뭣인디 춘향이를 희롱하는 것이여?"

곁에 있던 옥졸이 안절부절못하며 대신 대답했겄다.

"방자야, 신관 사또 자제분이 춘향이 보려고 온 것이여."

"뭣이라고? 신관 사또 자제가 춘향이를 왜 봐? 그 애비에 그 자식이구만. 다 똥 싸다가 퍼질러 낳은 인간들이고만. 하긴 개가 개를 낳제 사람을 낳겄냐. 그 아들을 보믄 그 애비를 알 수 있다더니, 딱 그 짝이네."

"뭣이라고? 너, 방자라고 했느냐?"

수룡이 짐짓 위엄을 차리며 방자를 불렀겄다.

"그려. 나로 말할 것 같으믄 바로 엊그제까정 구관 사또 자제 책방 방자 노릇 한 사람이다, 왜?"

"방자 주제에 감히 어디서 까불어?"

까마귀 짖는다고 범이 죽겠는가. 방자가 바로 받아쳤것다.

"방자 주제라고 했냐? 그라믄 니 주제는 얻어터지는 것이냐? 이런 땐 한 방 먹이는 게 방자 주제다!"

바로 그 순간 방자 주먹이 수룡의 턱 밑으로 날아가 꽂혔것다. 법은 멀고 주먹은 가깝다고 했으니, 방자의 주먹이 딱 그 짝이렷다. 수룡은 마른 검불 더미 쓰러지듯 넘어져 한참을 지나도 일어나지 못하다가 겨우 일어나 꽁무니를 빼며 불알아 앞섰거라 하며 똥줄 빠지게 달아나며 소리 질렀것다.

"방자 너, 오늘이 네 제삿날인 줄 알아라!"

그런 말에 방자가 콧방귀나 뀌겠는가.

"한 방 주먹에 빌빌거리는 자식이 뭘 어쩌겠다고! 넘 주제 들먹이지 말고 이녁 꼬라지나 아셔야제. 개씹으로 내질러도 너보다는 나은 짐승 나오겄다, 인마!"

방자는 부아가 치밀고 속이 상해 수룡이가 사또 자제이든 말든 뒤꼭지에 대고 개욕 쇠욕을 있는 대로 다 퍼부어 주었다. 나중엔 혀는 짧아도 침은 길게 뱉는 심사로 훈계까지 해 버렸것다.

방자와 향단이는 춘향이를 위로하고 바깥소식을 전해 준 뒤 묻러갔다. 한양 간 몽룡에게선 아직 아무 기별이 없다는 말두 아니 할 수가 없었다. 춘향은 한숨만 내쉴 뿐이었으니, 말을 하는 이나 듣는 이나 답답하긴 마찬가지렷다.

방자, 아니 고두쇠는 몽룡이 한양으로 간 뒤 책방 방자 자리를 물러 나왔다. 방자는 그새 고두쇠의 이름처럼 되어 버려 방자 노릇을 하지 않아도 여전히 방자로 불렸다. 고두쇠는 책방 방자 노릇을 그만두자마자 바로 향단이와 물 한 그릇 떠 놓고 성례를 치렀다. 서로 귀밑머리 맞풀고 바로 안고 자면 가시버시지 뭐 별게 있겠느냐며 그냥 살면 그만이지 생각도 했지만, 그래도 그게 아니라는 주막 단골들의 말을 받아들여 성례를 치른 것이다.

마침내 가시버시가 된 방자와 향단이는 할머니가 하는 주막을 대신 맡았다. 주막 등에는 몽룡과의 추억을 떠올리며 언문으로 '아바지 주막'이라는 글을 써넣었것다.

방자가 수룡을 주먹으로 한 방 때려 준 날 밤이었다. 주막집 밖이 소란스럽더니 관아의 군노들이 들이닥쳤다. 방자는 짚이는 데가 있었지만 짐짓 태연히 물었것다.

"형님들 으짠 일이요?"

"말 마라, 방자야. 니가 사또 자제 변도령을 때린 탓에 너 잡으러 왔다."

"시방 나를 잡으러 왔다고라?"

"그렇다니께!"

"덴장 넨장 맞을 시상이네. 맞을 짓거리 한 놈 정신 차리게

184

한 방 쥐어박았더니 정신 차릴 생각은 않고 애먼 나를 잡아가 겠다고?"

"암튼 공은 공이고 사는 사인께, 일단 앞장서라."

"그라믄 갑시다."

"방자야, 너무 서운해 마라. 우리도 죽을 맛이다. 곤장이라 도 맞게 되믄 집장 사령한티 알아서 살살 쳐 달라고 할 틴께 너 도 알아서 소리 지르고 뻗어라."

"이깟 일에 곤장까지 들먹이우? 그새 사또가 곤장질하라고 시켰소?"

"아니다, 사또 아들놈이 사또보다 더 지랄이다. 니가 곤장 지고 춘향이한티 찾아간 꼴이 되고 말았다."

"생긴 게 꼭 쥐 불알맨치로 볼품없더니, 하는 짓도 거그서 못 벗어나구만……."

방자는 혀를 두어 번 차고 군노들을 따라 익숙한 발걸음으 로 관아를 향해 걸었다.

동헌 마당에 들어서니 사방에 횃불이 대낮처럼 환한데, 사 또가 높은 자리에 앉아 있고 그 옆에는 수룡이 거들먹거리며 서 있었겄다. 눈치코치 19단의 방자, 직감으로 잘못 걸려들었 구나 느끼는데, 사또 호령이 동헌 마당을 채운다. 모주 먹은 돼 지 껄때청 같은 변사또의 목소리다.

"저놈이 감히 사또 아들을 욕보였단 말이냐?"

사또가 컬컬하게 쉰 목소리로 서릿발처럼 호통을 치는지라

아전들은 몸을 사리며 고개만 끄덕이는데, 수룡은 창피한 줄도 모르고 톡 나섰겄다. 똥 싼 주제에 매화타령이라더니, 딱 그 짝이렷다.

"아버님, 맞습니다. 제가 옥방 시찰하는데 저놈이 춘향이란 년하고 내통하면서 저를 때렸습니다."

"그래 어딜 어떻게 맞았느냐?"

"턱을 주먹으로 세게 한 방 맞았습니다."

수룡이 턱을 뒤로 젖히며 얻어맞는 표정을 지었겄다.

"그럼 네가 당한 대로 저놈을 한 방 때리도록 해라."

그 아들에 그 아비로구나.

수룡이 두 주먹을 불끈 쥐고 동헌 마당으로 내려갔다. 방자는 같잖다는 표정으로 수룡을 쏘아보았다. 애써 방자의 눈길을 피하며 방자 곁으로 다가간 수룡은 주먹으로 방자 턱을 강타했겄다.

방자, 성질 같으면 바로 한 방을 되먹여 주고 싶은데 그럴 수 없어 가만히 한 대 맞아 주고 말았다.

"저놈이 맷집이 보통이 아니구나. 그렇다면……."

변사또가 사또 체면도 팽개친 채 자리에서 벌떡 일어나 마당으로 내려가 방자에게 가더니 머리통을 쥐어박는다. 역시 그 아들에 그 아비렷다.

"네가 죄수년이랑 내통을 하고 감히 내 귀한 아들을 때리기까지 했단 말이지?"

186

방자, 꼿꼿이 서서 변사또를 노려보기만 할 뿐 아무 말도 하지 않았다. 어차피 벌주자고 달려드는 인간들하곤 말을 섞지 않는 게 제일이렷다.

변사또, 입을 앙다물고 아무런 대꾸도 하지 않는 방자 꼴을 보니 화가 더 치밀었것다. 그래서 벼락 맞은 소 뜯어 먹듯 방자를 마구 닦달했다.

"이놈이 아주 불한당이구먼!"

변사또는 직접 방자를 후려쳐도 분이 풀리지 않았다. 사또 아들을 친 것만으로도 곤장 맞을 짓인데, 죄수인 춘향이 사식까지 들여보내며 내통하였다 하지 않은가. 그런데도 뭐가 당당한지 방자는 끄떡도 하지 않는다. 사또는 마침내 집장 사령더러 곤장으로 볼기를 매우 치라고 하였것다. 법 모르는 사또는 볼기로 위세를 세운다더니 딱 그 짝이렷다.

집장 사령은 군노들한테 부탁을 받기도 했지만 방자를 이미 잘 알고 있다. 그러기에 요령껏 봐주며 매질을 살살 하였다. 그러나 가랑비에 옷 젖는다고, 봐주며 때리는 매도 수십 대를 맞다 보니 방자 엉덩이 살이 터져 버렸다. 집장 사령은 살살 친다고 치는 것이었겠지만, 방자 처지에서 보면 섣달 그믐날 흰떡 맞는 듯한 일이었다.

"에이구, 지랄이야! 나도 못할 짓이다. 방자야, 미안혀!"

집장 사령으로서도 어쩔 수 없는 일이었다. 관아에서 구실아치 노릇을 하자면 내키지 않는 이런 일두 해야 하는 것이었다. 더구나 방자를 잘 모르는 또 다른 집장 사령은 매를 쥐자마자 복날 개 패듯이 누린내가 나도록 곤장질을 하였것다. 만복사 스님들이 큰북 치듯 해 버린 것이다.

실신할 때까지 넙치가 되도록 납작하게 맞은 방자는 주막 단골 군노의 등에 업혀 주막으로 돌아왔다. 할머니와 향단이가 놀라 자빠진 건 더 말해 무엇하리.

방자 할머니는 매 맞고 돌아온 방자를 보자 심장이 벌렁거리고 눈이 뒤집혔다.

"오메, 내 강아지! 내가 으찌께 키운 새끼인데 요로코롬 모질게도 다듬어 놓았다냐! 천벌 받을 놈들. 에미 애비 얼굴도 모르는 내 새끼를 묵사발 만들어 놓다니!"

말을 마친 할머니는 가쁜 숨을 몰아쉬며 정신을 잃고 쓰러져 자리에 눕고 말았다. 향단이가 정성스레 보살폈건만, 충격을 받은 할머니는 나이가 나이인지라 끝내 자리에서 일어나지 못하고 방자를 불러 유언을 하였것다.

"고두쇠 니가 춘향이 땜시 욕을 봤는디, 사실은 춘향이하고 니가 배다른 동기간이다. 앞으로도 서로 잘허고 살아야 쓴다."

"할머니, 그게 무신 말씀이슈?"

"니 아부지도 춘향이 아부지하고 같은 성참판이란 말이제."

방자는 가슴이 철렁 무너져 내리는 것만 같았다. 그런 줄도 모르고 그동안 춘향이에게 연심을 품지 않았던가. 그렇다면 자신과 춘향이 사이에 몽룡이 나타난 게 더할 나위 없이 다행스러운 일이었것다. 말도 사촌까지는 상피를 본다 하지만, 춘향이하고는 사촌까지 갈 것도 없이 배다른 형제라니!

'뭔 인생이 이러코롬 왼새끼 꼬이듯 요상하게 꼬였다냐? 허, 참!'

방자는 할머니에게 자신의 출생에 관한 비밀을 더 듣고 싶었다. 하지만 할머니는 더 이상 자초지종을 풀어 놓지 못한 채 끝내 눈을 감고 말았다. 그나마 한평생 방자에게 숨겼던 아비를 마지막에 찾아 주고 돌아간 것이로다.

할머니는 한을 품은 채 세상을 떠났다. 얼마나 애지중지하던 손주인가. 그렇게 늙도록 일을 하면서도 힘든 줄 몰랐던 것은 오로지 손주인 방자 때문이었다. 할머니가 가까스로 뱉은 마지막 말은 "천벌 받을 놈들……"이었다.

사실, 이제야 말이지만 방자 자신은 아비 없는 후레자식이라는 말 안 듣고 사는 게 삶의 목표처럼 되어 있었다. 할머니도 항상 그런 소리 듣지 않게 행동하라며 입에 침이 마르도록 타일렀다. 아비가 참판 벼슬을 한 양반이라 그랬나? 하지만 그런 게 다 무슨 소용인가. 아비가 무슨 벼슬을 했건 어미는 천한 신분에다 일찍 세상을 뜨기까지 했는데…….

방자는 이제 와서 새삼 출생의 비밀을 더 알아 무엇하겠는가 싶었다. 몽룡이 입버릇처럼 찾던 공자도 사생아 아니던가. 공자의 아버지는 어느 조그마한 고을 수비 대장 정도밖에 안 되는 군인이었다는데, 그래도 방자 자신의 아버지는 남원 사또를 거친 참판이면 벼슬자리는 그럴싸했것다. 그렇다면 공자와 비록 같은 자 자 돌림이 되긴 했지만 자신의 가문이 더 괜찮았던 것 아닐까?

'고런 것이 시방 뭔 문제여. 그려도 공자는 지 엄니가 스물다섯까지는 살아서 엄니 얼굴이라도 아는디, 난 엄니 얼굴도 모르잖이여.'

11장
방자 가라사대
사랑의 시작은 곧 사랑의 완성이라

한편 관아의 공적인 일, 즉 공사를 무시하고 어긋나게 한 혐의로 옥에 갇힌 춘향이는 밤에는 사또가 낮에는 수룡이가 찾아와 온갖 회유와 협박을 하였으나, 오로지 이몽룡 생각뿐이었다.

"몽룡이 믿고 고집부리는 모양인데, 춘향이 넌 이미 끈 떨어진 연이다. 몽룡이 그 자식이 한양에서는 날리고 노는 놈인데 한양 가서까지 널 생각이나 하겠느냐. 너도 어서 마음을 바꿔 먹는 게 좋아. 매화도 한 철, 국화도 한 철 아니더냐. 꽃 시들기 전에 어서 마음 바꿔 먹어야지."

이건 아들 수룡의 수작이렷다. 그때마다 춘향이는 들은 척도 하지 않았다.

"춘향이 이년! 네가 내 수청만 들면 네 어미도 풍족하게 살
게 해 줄 텐데 웬 고집이 이리 센고?"

이건 사또 변학도의 수작이렷다. 이때도 춘향이는 들은 척
을 하지 않고 먼산바라기만 할 뿐이었다.

과거에선 낙방 거사가 되고 집안은 풍비박산 결딴이 나자,
몽룡은 죽더라도 춘향이나 보고 죽자며 길을 나섰것다. 열흘
도 넘게 걸어걸어 가까스로 남원 가까운 고을에 이르렀다. 마
침 점심때인지라 염치 불고하고 들녘의 농부들에게 가서 한술
밥을 청했것다. 농부들은 내색하지 않고 자신들의 밥을 한 숟
가락씩 덜어 주었다. 밥이 달았다. 몽룡은 주린 배를 채울 수
있었다.

점심 얻어먹으며 들으니 춘향이는 신관 사또 수청을 거부하
고 옥에 갇혔다고 한다. 농부들은 다투어 나서며, 한양 간 이도
령인지 삼도령인지 하는 놈은 이런 사정을 아는지 어쩌는지
일자 소식 하나 없다고 욕을 해 댔다.

"이도령인지 삼도령인지 하는 놈, 지 때문에 춘향이가 절개
지키느라 옥에 갇힌 줄이나 아는가 몰라. 지가 함흥차사여 뭐
여? 곤란한께 일부러 행방불명되아 분 것 아녀?"

몽룡은 자신의 신분을 밝힐 처지가 못 돼 더욱 속울음만 삼
킬 수밖에 없었으니, 애고 설운지고.

이윽고 남원 고을에 들어서니 낯익은 관아며 광한루 모두
그대로인데 짧은 사이에 사람 신세 이렇게 뒤집어질 줄 몰랐

으니, 세상사 참 무상타 아니할 수 없구나.

몽룡은 일단 춘향이 집으로 갔것다.

"아니, 시방 이게 누구여?"

"날세! 그간 잘 지내셨는가? 장모! 나, 이도령이오."

"그래 이도령인 줄 몰라서 그러우? 왜 이런 차림이냐 이거제."

"말도 마시오. 한양 가자마자 아버지 벼슬길이 끊어져 가산이 죄다 거덜 나 아버지는 서당 훈장질을 하고, 어머니는 친정으로 돌아갔소. 나는 춘향이나 만나 돈냥이나 얻어 가려고 왔소."

몽룡은 자신이 공부를 게을리하여 과거에 떨어졌다는 말은 차마 할 수가 없었다. 게다가 부모님 모두 화병으로 세상을 뜨고 집안이 볼 것 없이 되어 버렸다는 말도 할 수가 없었다. 그래서 엉뚱하게도 거짓말을 둘러댈 수밖에.

"뭣이 으짜고 저째? 이래서 내가 양반 종자를 못 믿는 것이여. 그 꼴로 와서 춘향이를 보겠다? 어림도 없는 소리 하고 자빠졌네!"

"장모, 너무 그러지 마소. 양반이 한번 잘못되니 꼴이 말이 아니오만, 그래도 옛 정분을 생각해서 찾아왔는데 찬밥이라도 한 덩이 주소."

"거지도 상거지가 따로 없구만. 너 같은 놈한틴 찬밥은커녕 개밥도 시깝다! 이도령인지 저도령인지 하는 망할 놈 때문에 춘향이는 잡혀가 옥에 있고, 니 아비가 사또질 할 때 빌려다 먹은 관아 곡식까지 세 곱으로 갚고 난께 집안 살림까정 다 거덜나 새앙쥐 볼가심거리도 없은께 다른 집에 가서 얻어먹든지 말든지 혀! 낯부닥도 뻔뻔한 한양 상거지 이가놈아! 쥐 대가리 감투건 개 대가리 감투건 그것도 쓰고 있을 때 감투제, 벗고 나믄 아무 소용 없는 것이여! 큰소리 치고 한양 갔으믄 감투 하나 쓰고 내려와야제, 아무 감투도 못 쓰고 남원 땅에 무슨 염치로 나타난 것이여? 절이 망할라믄 새우젓 장수가 들어온다더니, 니가 딱 그 짝이었어. 너 땜시 멀쩡한 우리 집이 망한 것이여!"

월매, 쌀쌀맞기가 엄동설한 서릿발보다 더하다. 거지꼴 차림의 몽룡은 춘향 어미 월매한테 있는 모욕 없는 모욕 다 당하고 내쫓기고 말았구나. 동냥은커녕 되레 쪽박만 깬 꼴이 되고 말았것다. 월매는 양반에게 대를 물려 가며 속았다는 생각을 하니 속에 불이 나 견딜 수가 없었다.

몽룡은 하릴없이 춘향이 집을 물러 나왔것다. 눈에 익은 집, 눈에 익은 골목이지만 그새 사람 인심이 변했다. 어쩌면 자기 자신이 가장 많이 변했는지 모른다.

몽룡이 월매에게 개욕 쇠욕 다 들으며 박대를 당하고 춘향이 집을 나가자 누런 황구가 뒤에 대고 짖는다. 어디서 굴러먹다 들어온 동냥치려니 하는 모양이었다. 몽룡이 돌아보니 황구가 꼬리를 내린다.

194

"누렁아, 내 비록 이런 꼴로 나타났다만 알고 보면 이 집 주인 같은 사람이다. 이제 너도 날 몰라보고 문전 박대를 하느냐. 너무 그러지 마라."

생각해 보니 기가 막히고 억장이 무너질 일이다. 개한테까지 멸시를 당한 꼴이다. 개도 텃세를 하는 줄은 알지만, 사람인 자기한테, 그것도 한때 무시로 드나들던 사람한테 이러니 더욱 서러울 수밖에. 이제 어디로 가나. 바람 부는 대로 발길 닿는 대로 떠돈다는 말도 있지만 바람 부는 대로 발길 닿는 대로 떠돌기도 쉽지 않은 일이로다.

관아 안에 있는 옥으로 가서 춘향을 보자니 문지기며 관원들 모두 자기를 알아볼 텐데 이런 거지꼴로 갈 수도 없어 난감하였도다. 이런 생각 저런 생각을 하는 동안 발길은 자기도 모르게 방자 주막으로 가는구나.

'방자가 제멋대로 형님이라 했지만, 그래도 인정은 있으니까 날 아주 모른 체는 하지 않겠지. 아이고, 배고파라! 양반도 먹어야 양반이지, 이것참. 방자한테 가 보자. 가서 우선 먹고 보자.'

방자네 주막이 대낮같이 환해서 가만 들여다보니 사람들 오고 감이 분주하다. 주막 등에는 방자가 썼음 직한 '아바지 주막'이라는 글자가 닭발 그리듯 삐뚤빼뚤 쓰여 있었것다. 방자한테 속아 방자를 '아바지'라고 부른 일을 생각하니 피식 웃음이 비어져 나왔다. 이런 처지가 되고 보니 그 시절이 마냥 더 그리울 뿐이었다.

몽룡은 무슨 잔칫날인가 싶어 고개를 갸웃거리며 주막 마당
에 들어섰다. 향단이가 맨 먼저 알아보고 반기는데 하얀 소복
을 입고 있는 것이었다. 이어 방자가 상복 차림으로 나오는데,
매 맞은 뒤끝이라 걸음걸이가 어색하다.

"얼레? 이것이 시방 누구다냐? 되련님 아니우? 한양 간 뒤
행방불명된 줄 알았드만 살아 있었구만! 근데 차림이 왜 이렇
다?"

방자는 몽룡이 반갑기는 했지만 몽룡의 거지 차림을 보자
낙심이 이만저만 아니었다.

몽룡은 자신이 왜 이런 거지꼴을 하고서 남원 고을에 나타
날 수밖에 없었는지, 저간의 사정을 대목만 간추려 대충 털어
놓았것다. 그래도 방자는 몽룡에 대한 기대를 저버리지 못하
고 매달렸으니.

"차림은 거지꼴이어도 혹시 몸속에 마패 같은 것 숨기지 않
았남? 옛이야기 들으믄 이런 때는 꼭 출세해 갖고 암행어사 마
패 같은 것 차고 나타나던디……."

몽룡은 암행어사라는 말에 더욱 부끄러워 고개를 들지 못했
다. 겨우 기어들어 가는 목소리로 대꾸만 할 뿐.

"과거에도 떨어지고 집안도 다 망해서 진짜 거지가 된 거
야……. 양반이 한번 잘못되면 더 못쓰게 된다더니 내가 딱 그
짝이 됐구만."

196

그렇다 하더라도 방자는 몽룡의 말을 믿을 수 없었다. 방자가 몽룡의 옷을 뒤졌다. 그러나 끝내 마패는 나오지 않았다.

"우리 되령이 진짜 거지가 된 모양이구만. 인자 으짠다냐……. 쥐꼬리는 말려서 송곳집으로라도 쓰제만 과거 안 된 양반집 되령은 어따 쓰지……."

방자는 기가 막혔다. 이런 꼴 보려고 중매쟁이 노릇을 한 건 아니지 않은가. 얼떨결에 몽룡이와 춘향이 중매쟁이 노릇을 하게 되면서도 잘하는 것인지 못하는 것인지 긴가민가하며 자꾸만 망설여지더니, 결국 이런 꼴을 보는가 싶었것다. 그래도 몽룡이 알 것은 알아야겠기에 그간 춘향이가 당한 일이며 자신이 당한 일들을 간단히 추려 몽룡에게 들려주었다.

방자가 한숨을 길게 내쉬었다.

"아이고, 암행어사라도 되어 나타날 줄 알았던 되령이 어사는커녕 과거 급제도 못하고 거지꼴로 나타났으니 춘향이도 인자 꼼짝없이 죽게 생겼구만. 우리 할머니는 나 때문에 죽고 춘향이는 도령 때문에 죽게 생겼으니 줄초상이 따로 없구만."

몽룡은 방자가 춘향이 때문에 끌려가 매 맞은 일이며 매 맞고 돌아온 손자 때문에 할머니가 세상 뜬 연유를 듣자 더욱 비감한 마음이 들었지만, 뭐라고 할 말이 없어 눈물만 주르륵 흘릴 뿐이었다.

장례 음식이지만 한 상 걸게 차려 내오자 몽룡은 마파람에게 눈 감추듯 후딱 먹어 치웠것다. 춘향이 집에서 월매한테 쫓겨나기 전부터 쫄쫄 굶어 배가 수캐 배처럼 홀쭉해져 있었던 것이니, 무슨 밥이 되었든 밥이 반갑지 않으랴. 방자는 허겁지겁 밥그릇을 비우는 몽룡을 물끄러미 바라보며 측은해했다. 먹은 죄는 없다는데, 몽룡이 게걸스레 먹는 게 무슨 죄가 되겠는가. 향단이 역시 눈물만 훔치는구나.

그 무렵 옥중의 춘향이는 사또한테 닦달을 당하고 옥방 벽을 할퀴며 울음 울다 새벽녘에 살짝 잠이 들었것다. 꿈속에 몽룡이 준 거울을 들여다보며 흐트러진 머리를 고치고 얼굴을 다듬다 떨어뜨렸는데 거울이 그만 산산이 깨지고 마는구나. 춘향이 깜짝 놀라며 정신을 차리고 보니 품 안의 거울은 그대로인데 가슴 한쪽이 싸하구나.

"우리 도련님이 강원도 포수가 되었나, 지리산 포수가 되었나? 한양 간 뒤 소식 한 자 없는데 이런 꿈을 꾸다니……."

통행금지를 푸는 쇠북 소리가 나자 마침 해몽 잘한다는 장님이 옥방과 면한 골목을 지나갔것다. 춘향이 퍼뜩 한 생각이 떠올라 옥졸을 불러 장님을 불러 달랬다. 평소 춘향이에게 인정을 써 주던 옥졸이라 춘향이 청을 들어주었것다.

장님이 옥문 앞에 다가오자 춘향이 먼저 인사를 건넸것다.

"봉사님, 저는 춘향이라 하는디요, 바라는 쳤지만 아직 날도 다 새지 않아 어두운디 어딜 그리 바삐 가십니까?"

"아이구, 말로만 듣던 춘향이가 여그 갇혔구만. 그나저나 고생이 많네. 눈먼 소경이 날이 새나 안 새나 앞 못 보는 건 마찬가진디, 굳이 나다니는 시간을 가릴 것이 뭐 있겠소. 그나저나 나를 뭣 땜시 불렀을까?"

"지가 쪼깐 전에 꿈을 꾸었는디 꿈속에서 한양 간 도련님이 준 거울을 깨뜨렸습니다. 몸에 지닌 거울은 말짱합니다만 혹시 도련님한티 뭔 일이 난 것 아닐까유?"

"음, 거울이 깨졌다고 했것다……."

장님 점쟁이는 옥문으로 손을 넣어 춘향이 팔목을 짚는다. 이어 춘향이 허벅지를 더듬는다. 춘향이가 망측스러워 몸을 뒤로 뺐것다.

"내가 눈이 안 보인께 점괘 뽑기 전에 먼저 점 볼 사람 형상을 살피는 것인디, 뺄 것 뭐 있남."

춘향이는 장님의 손길이 징그러워 계속 몸을 뒤로 빼건만 점쟁이는 여전히 춘향이 팔목을 쥐고서 꿈풀이를 해 준다.

"거울이 깨졌다는 건 파경인디, 파경은 부부간에 이별 수가 있다는 말이여. 그란께 시방 서로 헤어져 있는 것일 티고, 근디 실제 거울은 말짱하다는 건 본디 마음은 변함없이 그대로라는 것일세. 곧 소식이 올 모양이구만."

"고맙습니다. 지가 보시다시피 옥중에 갇힌 몸이라 복채를 드릴 수 없습니다. 나중에 서운치 않게 대접하겠습니다."

"내가 눈이 이런 사람이라 보시다시피는 못하고, 소문 들어서 옥에 갇힌 줄 알 뿐이제. 이런 고생을 하고 있는디 복채는 무신……."

장님 점쟁이는 복채는 그만두라고 했지만 옥문으로 손을 빼는 척하면서 춘향이 가슴께를 슬쩍 짚었것다. 하지만 춘향은 그것까지 시비할 기운이 없어 모른 척할 뿐이었다.

어이없고 기가 막힐 따름이었다. 아니, 하도 기가 막혀 이제 막힌 둥 만 둥이다. 이고 지고 가도 제 복 없으면 못산다고 했는데, 이고 지고 가지도 않았지만 정 들자 이별이 뭔 일인지 모르겠다. 한양 간 이도령은 기별 한 점 없으니 옛날 노래가 남의 노래 같지 않다.

이화우 흩날릴 제 울며 잡고 이별한 님
추풍낙엽에 저도 날 생각는가
천리에 외로운 꿈만 오락가락하노매

배꽃이 비처럼 어지러이 날릴 때 서로 부여잡고 울며 이별한 사람의 심사가 가득했다. 어느새 여름 가고 가을 되어 바람에 낙엽은 지고 서로 천 리 먼 길 떨어져 있는데, 님도 내 생각을 하기나 하는 건지……. 춘향도 편지 한 장 없는 몽룡이 자기 생각을 하기나 하는 건지 궁금했다. 그래서 꿈속 일이 예삿일 같지 않았던 것이다. 정이 있으면 꿈에도 보인다는데 그래서 그런 꿈을 꾼 것일까? 춘향은 오만 가지 생각에 머리가 빠개질 지경이었다.

이제 자신은 어떻게 되나? 춘향은 죽을 처지에 빠진 자신이 똑 푸줏간에 든 소 같다는 생각이 들었다. 하룻밤을 자도 헌 각시라는데, 이제 이도령 없이 어찌 사나. 자도 걱정, 먹어도 걱정이다. 자나 깨나 걱정인 것이다. 이불도 깃 보아 가며 발 편다고 했는데, 자신이 너무 분수 넘치는 짓을 했는지도 모를 일이었다. 그러나, 그러나, 아니었다. 그 순간엔 그렇게 할 수밖에 없었다.

방자는 몽룡이 거지꼴로 나타나자 할머니 장례보다 춘향이 앞날이 더 걱정되었다. 장례 치르는 동안 앞으로 어떻게 해야 할지 궁리했지만 별 뾰족한 수가 없었다. 결국 춘향이를 탈옥시켜 몽룡이와 도망가게 하는 수밖에 없을 것 같았다. 더구나 춘향이와는 이복형제라니, 그렇다면 서로 원하든 원하지 않든 이제 자신은 몽룡에게 진짜 형님뻘이 되는 것이다. 이제야말로 진짜 형님으로서 몽룡을 거두어야 할 판이었으니, 방자 자신의 운명도 기구하다 할 만했다.

장례가 끝나자 방자는 몽룡에게 할머니에 의해 밝혀진 자신과 춘향의 관계를 알려 주었다. 그러면서 춘향을 탈옥시켜 줄 테니 지리산으로 숨어들라 일렀다. 방자의 계획에 몽룡이 토 달 게 뭐 있겠는가. 몽룡은 그저 형님 방자가 든든하고 고마울 뿐이었다.

방자는 몽룡에게 만복사의 양생 이야기를 일깨워 주었다. 양생은 죽은 처녀 귀신하고 행랑채에서 하룻밤 나눈 사랑도 지켰는데 산 사람끼리 나눈 사랑을 못 지켜서야 되겠느냐고 했것다. 그러면서 두 살씩이나 더 먹은 형님답게 한마디 더 얹는 것이었으니.

방자 가라사대,

"사랑이란 애초에 시작헐 때 이미 끝이 난 것이여. 세상만사처음 시작에 끝도 같이 깃들여 있제. 특히 사랑은 시작허는 그순간 완성되는 것이여! 그란께 되령이 춘향이를 좋아하여 사랑을 시작한 그 순간 이미 사랑은 완성했제. 나중에 사람 살이가 으찌게 바뀔지 고것까정 미리 알 수는 없는 일인께 과거 떨어졌다고 사랑까지 깨진 건 아니란 말이여. 그란께 앞으로 춘향이랑……."

그러한 고로 춘향이 얼굴도 알기 전부터 품은 마음 죽을 때까지 간직하여 예쁘게 살라 했것다.

"언젠가 되령도 그런 말 한 것 같기는 한데, 공부라는 것이과거 공부만 공부겠어? 인자 허는 말이제만 진짜 공부는 사랑할 수 있는 맘을 닦는 것이여. 어디 가서 살든 진짜 공부함시롱잘 살어야 써. 나중에 늙어서 옛날이야기 함시롱 살게 말이여."

몽룡은 구구절절 방자 말씀이 옳은지라, 가슴이 찡하여 눈물만 흘릴 뿐이렷다. 방자 왈 걸핏하면 나이 헛묵은 것 아니라며 으스대더니, 이제 보니 그 말이 맞았다. 전에도 그랬지만 이제는 진심으로 방자가 왈왈하는 대로 따르지 않을 수 없을 것같았다. 방자 왈 만사형통하려면 뭐든 형을 통해야 해결된다고 하더니, 결국 자기 신세도 방자를 통해야 되는가 싶었다. 그러든 저러든 형만 한 아우 없다 했으니, 이제 꼼짝없이 형이 된 방자가 알아서 해 주련 하는 마음도 아니 드는 건 아니었으니, 방자를 만나지 않았다면 큰일 날 뻔했것다.

몽룡은 춘향이가 준 옥가락지를 만지작거리며 이 가락지처럼 시작도 끝도 없는 둥근 사랑을 죽을 때까지 춘향이와 함께하련 다짐했다.

방자는 달 없는 그믐날 번을 서는 옥졸을 불러 술을 거나하게 대접하였것다. 이어 그를 잘 구슬려 옥을 비우게 하였다. 그다음 일은 일사천리. 몽룡이가 춘향이를 데리고 달아나는 일을 실행하는 거였다.

옥중의 춘향은 몽룡이 아무런 기별도 없이 나타나자 처음엔 귀신인가 싶어 깜짝 놀랐으니.

"도련님……."

춘향은 몽룡을 보는 순간 자신이 지금 꿈을 꾸며 헛것을 보고 있는 게 아닌가 싶어 허벅지를 꼬집어 보고 볼을 잡아당겨 보았다. 귀신이 아니었다. 헛것이 아니었다. 살아 있는 몽룡이었다. 그토록 그리던…….

몽룡은 옥에 갇혀 있는 춘향을 보자 가슴이 미어져 할 말이 찾아지지 않았다.

"춘향아……."

그래도 뭔가 말을 하긴 해야 할 성싶어 몽룡은 춘향의 눈을 바로 보지두 못한 채 더듬거리기만 했것다

"내, 이런 꼴로, 나타나서, 너를, 볼 낯이 없구나. 나 아니었으면, 네가, 이런 고생을, 할, 필요가 없는데……. 미안, 하구나. 나는, 과거 떨어지고, 집안도, 가을바람에 낙엽 지듯, 갑자기 기울고, 부모님은 연달아 돌아가시고, 그새 모든 것이, 다, 볼 것 없이 되어 버렸다……."

그러나 춘향은 몽룡이 약속을 저버리지 않고 다시 나타난 것만으로도 좋았다. 더구나 가장 어려울 때 자신을 믿고 찾아왔다는 게 다행으로 여겨졌으니, 정말로 천생연분이렷다. 그깟 과거야 안 되어도 그만이지. 둘 사이에 약속을 지키고 사는 게 과거보다 더 중하게 여겨졌것다. 그렇게 생각하자 차분해진다.

"도련님, 너무 속상해하지 마세요. 춘향이는 아무렇지도 않아요. 도련님이 곁에 있어 주기만 하면 그만이어요. 어쩌면 과거가 안 되었으니까 이렇게 다시 만날 수 있는지도 몰라요. 애초에 과거는 도련님 몫이 아니었는지 몰라요. 부모님은 느긋하게 지켜보지 못해서 돌아가신 거구요. 다 그분들 운명이지요. 부모님은 부모님 몫을 살고 가신 거예요. 우린 우리 몫을 살아야 하니까 너무 속상해하지 마세요."

몽룡은 춘향이 뜻밖에도 화를 내지 않고 되레 다독거려 주자 힘이 솟았다. 그랬다. 애초에 과거 공부는 몽룡이 몫이 아니었다. 공부 말고 다른 방법이 없어 거기에 매달렸을 뿐이었다. 방자처럼 이런저런 재주와 요령이 있었다면 과거 공부는 진즉에 때려치웠을 것이었다. 이제라도 깨닫게 된 게 차라리 다행이었다. 이게 다 사랑의 힘이 아니고 무엇이겠는가? 사랑의 힘은 참으로 셌다. 허물도 덮어 주고, 힘도 다시 나게 해 주었다. 사랑이야말로 진짜 공부였다. 사랑 때문에 날려 보낸 것들보다는 사랑 때문에 얻은 것이 더 많다고 느껴졌다.

몽룡은 다시 살고 싶었다. 춘향이랑 아주 잘 살고 싶었다. 그깟 과거 공부보다 진짜 더 좋은 공부를 하면서 말이다. 그렇게 생각하자 답답하기 짝이 없던 가슴이 뻥 뚫리는 것 같았다.

춘향이 마침내 정신을 가다듬고 몽룡을 따라나섰다. 자초지종, 그간의 사정 이야기는 나중에 들어도 될 것이었다.

방자는 몽룡에게 노잣돈이며 살림 밑천을 넉넉하게 챙겨 주며 지리산으로 들어가 살라 했다.

"내 절 부처는 내가 위해야제 어쩌겠어. 그려도 한때 내가 모셨던 책방 되령인디 내가 신경 안 쓰믄 누가 신경 써 주겠어……. 사람 살 곳은 골골이 있은께 춘향이 데리고 일단 지리산으로 들어가라고잉. 사람은 다 먹고살게 마련인께."

지리산은 춘향 어미 월매가 춘향을 얻기 위해 반야봉 산신께 정화수 떠 놓고 빌고 부처님께 향불 피워 지성으로 기도를 드린 곳이니 춘향을 잘 받아 줄 것이라 했다.

월매는 방자가 모셔 와 어머니로 받들었으니 옛말대로 누이 좋고 매부 좋은 것까지는 그대로 들어맞았고, 새로 만난 어머니까지 좋은 격이 되었것다 춘향이 탈옥 사건은 남원 고을 관아를 발칵 뒤집어 놓았다. 허나 사또와 그 아들이 낮밤 번갈아 가며 귀찮게 해서 일어난 사단이라 내놓고 공사로 다룰 수도 없어 달이 가고 해가 바뀌니 흐지부지되고 말았다.

한편 변사또 자제 수룡은 춘향이를 놓치고 나자 아버지 몰래 관아의 어린 기생들을 못살게 굴었것다. 꿩 대신 닭을 찾느라 그랬겠지만 그에겐 사실 닭조차도 가당치 않은 일이렷다. 낙숫물은 떨어진 곳에 또 떨어질 뿐이고, 제 버릇 남 못 준다는 말 그대로 수룡은 춘향이가 없어도 하는 짓이 여전히 바뀌지 않고 못난 짓뿐이었으니.

개를 따라가면 꼭 측간으로 간다더니, 수룡이 날마다 빠지지 않고 출근하는 곳은 책방이 아니라 기생방이었다. 그런 어느 여름날이었다. 수룡은 아버지 눈을 피해 관아 기생들 몇과 관아 밖 요천으로 물놀이를 갔다. 마침 장마 뒤끝이라 강물이 불어나 있어 깊은 곳은 어른 허리도 넘고 물살도 빨라 고을 사람들은 아무도 물놀이를 하지 않았다. 그러나 수룡은 젊은 객기를 못 이기고 기생들 보는 앞에서 먼저 강물 속으로 걸어 들어갔다가 거센 물살에 휩쓸리고 말았다. 그는 그렇게 다시 돌아오지 못할 길로 가 버렸으니, 이름 그대로 물속에 잠긴 수룡이 되고 만 것이렷다.

변사또는 부임하자마자 월매에게도 관아의 환곡을 세 배로 물리더니 다른 집에도 봄에 빌린 곡식을 가을에 갚을 땐 애초

206

에 빌린 양의 세 배 네 배, 심지어는 다섯 배에 이르기까지 거두어들였다. 하지만 그토록 모질게 환자를 거두어들였는데도 관아 곳간은 늘 텅텅 비어 있었다. 결국 그는 관찰사의 감사 때 나라 곡식을 뒤로 빼돌려 자기 배를 불린 일이 들통 났다. 그뿐 아니라 고을 백성에게서 세금을 혹독하게 거두어들이고, 나아가 백성의 재물까지 억지로 빼앗은 가렴주구가 들통 나 벼슬자리에서 쫓겨나고 말았다.

변사또가 남원 고을에 와서 한 일이라는 게 춘향이 잡아 옥에 가두고 방자에게 곤장 안기고, 남는 시간엔 관아 동헌 뜰에 곡식 널어놓고 새 쫓는 일뿐이었으니, 관복 입은 도둑이 따로 없으렷다.

그는 벼슬자리 떨어지는 대로 바로 한양으로 불려 올라갔으니, 벼슬살이가 깔끔하지 못해 결국 패가망신하고 말았다. 양반집 못되려면 초라니 새끼가 난다더니, 수룡이가 태어나 그랬는지 아니면 방자 할머니 말대로 천벌을 받은 건지…….

불과 몇 년 사이에 엄청난 일을 겪은 방자는 향단이와 착실히 주막을 운영하여 남원 고을에서 으뜸가는 술집으로 키웠다. 주막에서 나오는 이익은 돌볼 사람 없는 노인 집과 아이들 많은 집에 때맞춰 보내 뒤를 보아주었다 한다.

틈날 때마다 방자 가라사대,

"재물을 모았으믄 흩어 쓸 줄 알아야 허고, 재산을 분명히 치리힐 줄 아는 인간이 대장부제 별것 있다냐."

방자의 인물 됨됨이가 이러하다.

방자 왈, 사서삼경 아무리 달달 외워도 백성들 배곯는 소리
못 들으면 헛공부이고, 사또 오또 자리 몇 년씩 차고 앉았어도
관아 곳간 안 채우고 자기 집 곳간만 채워 놓으면 닭 벼슬보다
더 못한 헛벼슬살이 한 것이라, 죽어 아귀지옥에 떨어지리라
했것다.

방자의 성품이 이러하니 과연 성현의 반열에 오르지 않을
수 있으랴. 후세 사람들 방자 행적 찾았으나 워낙 드러난 게 없
어 이나마 적어서 뒷사람들의 본보기로 삼고자 할 뿐, 다른 생
각은 없도다.

나중에 듣자 하니 춘향이와 몽룡이는 지리산 어느 골에 들어
가 화전민이 버리고 간 집에 둥지를 틀었단다. 두 사람은 낮으
로는 밭농사 밤으로는 살농사 열심히 지어 밭도 늘리고 자식도
불리었것다. 졸지에 세상을 뜨고 만 몽룡의 아버지 어머니도
몽룡이 이만하면 착실히 살고 있다고 인정할 만하였으리. 아무
튼 두 사람이 지난 세월 모든 풍파 뒤로하고 두고두고 오래오
래 잘 살았다는 소문이 바람을 타고 날아왔다나 어쨌다나.

방자의 시선으로 풀어낸,
해학 넘치는 전복의 성장담

이도흠(한양대 국어국문학과 교수)

1. 정과 한의 신명이 만들어 낸 민족서사, 춘향전

현빈이 국민오빠이고 문근영이 국민동생이라면, 국민서사
는 단연 『춘향전』이다. 우리 민족 모두가 좋아하며, 너무 좋아
한 나머지 원본으로 흥(興)과 신명이 미처 채워지지 않으면 그
시대나 자신이 발을 디디고 있는 현실의 맥락에 맞게 '짝퉁'을
만들어 향유한다.

때문에 『춘향전』은 고전이지만 죽은 텍스트가 아니다. 당시
엔 380여 종에 달하는 이본이 만들어졌고 해방 이후에도 영화
와 드라마로 끊이지 않고 재창작되는, 살아 움직이는 역동적
인 텍스트이다. 작가 박상률이 이번에 『방자 왈왈』을 상재했지

만, 지금 이 순간에도 어느 작가는 시나리오, 극본, 소설 등 다
양한 양식으로 『춘향전』을 쓰고 있으리라.

아무리 좋은 소설이라도 줄거리를 알고 보면 재미는 반감한
다. 그런데, 우리나라 국민 누구든 그 줄거리를 뻔히 알면서도
왜 『춘향전』의 아류 작품들에 환호를 보내는 것일까? 『춘향
전』을 패러디한 작품들은 내용을 알고 읽어도 다음 이야기가
어찌 전개될까 궁금할 정도로 스토리가 탄탄하다. 읽으며 가
끔은 배꼽의 행방을 챙겨야 할 지경으로 풍자와 해학이 넘쳐
난다. 지절(志節)의 윤리를 바탕으로 한 춘향의 행위와 대사는
절로 눈물이 흐르고 절로 감동의 밀물이 들게 한다. 천하고 낮
은 자가 귀하고 높으신 어른과 감히 '맞짱'을 뜨는 장면에선
숙변을 쏟아 낸 듯한 신분 해방의 통쾌한 카타르시스를 느낀
다. 정절녀 춘향, 추악한 탐관오리 변학도 등 전형적인 인물이
시간의 축에 따라 일정 공간에서 펼치는 이야기는 조선조의
풍경이자 우리네 삶이다.

비단 이것만일까? 가장 큰 이유는 '만남-이별-다시 만남',
'결핍-위기-충족', '신분상 차이-갈등-신분 해방'의 서사
구조가 '정-한-아우름'의 정서 구조와 일치하기 때문이다.
춘향전은 사랑하는 두 연인이 헤어졌다가 다시 만나 지순한 사
랑의 승리를 이루는 염정소설이다. 또한 기생의 딸이라는 결핍
을 지닌 여인이 지극한 정절로 모든 이들을 감동시키며 마침내
무진 시련과 위기를 극복하고 이몽룡과 혼인하는 정절의 수절

가(守節歌)이다. 이는 가장 천한 신분의 여인이 정절을 매개로 양반집 도령과 혼인하여 정렬부인에 오르는 신분 해방의 사회 소설로 읽을 수 있다. 한국인은 춘향의 한에 애간장이 타면서 마음을 졸이다가 어사또가 출두하여 변사또를 박살 내고 춘향이를 다시 품는 순간, 모든 갈등과 대립을 아우르는 신명과 흥(興)을 맛본다.

한국인은 정에 살고 정에 죽는다. 춘향은 정 때문에 목숨을 걸고 정절을 지키고, 이도령은 가문의 명예와 권위를 버리고 천한 기생을 아내로 맞는다. 정이 깨지면 한이 된다. 여기서 정과 한은 'A or not-A'가 아니라 'A and not-A' 관계이다. 뜨거움과 시원함이 대립적인 것이 아니라 한국인에게 '뜨거운 시원함'이 최고의 맛이기에 한국인이 뜨거운 국을 먹으며 "시원하다"고 말하는 것처럼, 정이 깊을수록 한이 깊고 한이 깊기에 정을 더욱 도탑게 한다. 이도령과 헤어지는 순간 사랑은 한이 되며, 춘향이 사랑하면 할수록 이 한은 깊어진다. 이도령도 아버지와 가문 때문에 싫어하는 공부를 억지로 하는 것이 한이고, 이 때문에 춘향과 헤어지고 거듭 과거에 낙방하는 것이 한이다. 방자는 아버지도 모르는 슬픔에 더하여, 신분 때문에 이도령 같은 어린애를 상전으로 모셔야 하고 아리땁고 친한 춘향을 넘보지 못하는 한을 품었다.

그러나 한국 문화는 한의 문화가 아니다. 모든 갈등과 대립을 조화시키고 한을 승화하는 아우름에 신명이 나고 흥이 나

212

는 문화이다. 현실의 세계에서든 상상의 세계에서든, 한국인은 '지금 여기에서' 맺힌 것을 풀어 이를 해소하고 조화를 이루려고 한다. 춘향이가 이도령을 다시 만나는 순간, 추악한 탐관오리인 변학도가 심판을 받는 순간, 한국인은 맺혔던 한이 풀리고 신명과 흥이 나는 카타르시스를 맛본다. 바로 이 순간, 신분이 낮은 자는 높은 자에게 당하였던 한을, 과부나 홀아비를 비롯하여 홀로인 모든 이들은 사랑하는 이를 잃은 한을 풀어 버리고 신명에 들뜬다.

『방자 왈왈』에서는 어떤 풀이와 신명이 있을까. 혹자는 원작과 달리 이도령이 과거에 거듭 떨어지고 거지로 돌아와 춘향과 만나는 결말에 실망했을지도 모른다. 그러나 바로 이런 구성이야말로 이 작품을 원전과는 다른 메시지와 품격을 갖게 하는 중요한 차이이자 진전이다.

우리 청소년들이 흔히 말하듯, 행복은 성적순이 아니다. 조선조 청년도 마찬가지였으리라. 꼭 과거에 급제하여 벼슬을 살아야 사랑하는 이를 행복하게 할 수 있는 것은 아니지 않은가. 『방자 왈왈』이 출사(出仕)하는 것이 인생 최고이자 유일의 목표였던 조선조에 읽혔다면, 아마 이에 스트레스를 받던 수많은 청소년들이 환호했으리라.

21세기 오늘, 우리 청소년들은 더욱 심한 압박을 받고 있고 교육 모순은 그때보다 극심하다. 그러기에 이 작품에는 조선조 청춘만이 아니라 입시 지옥, 경쟁 위주와 승자 독식 교육의

희생자인 오늘날의 청소년들이 겪는 한과 풀이가 겹쳐진다. 과거에 거듭 떨어지고 거지가 되어 돌아온 이도령이 춘향과 해후하여 외려 행복하게 잘 사는 대목에서 함께 한을 풀고 신명에 들떴으리라.

이처럼 『방자 왈왈』은 조선조 청년들의 다양한 한과 갈등이 방자를 중심으로 한데 어우러진 서사이다. 더엉— 더엉— 덩 더쿵! 북소리가 들리지 않는가. 그 북소리를 들으면 절로 어깨가 들썩이지 않는가. 그리 신명 나게 방자와 시방 춤을 추지 않을랑가?

2. 풍자와 해학이 넘치는 성장담

원전 자체도 그렇지만 박상률 작가는 이 소설을 더욱 풍자와 해학이 넘치는 성장담으로 만들었다. 그가 오래 묵은 젓갈처럼 맛깔스럽고 씹을수록 감칠맛 나는 전라도 사투리를 잘 구사하는 진도 토박이인 데다가 더하여 『삼국지』를 가장 정확하게 번역했을 정도로 한문에 능통한 선비이기 때문이리라.

"천자문 만자문 다 뒤져도 봄 춘 자 바람 풍 자보다 더 좋은 말 없으니 공자 왈 바람 가운데엔 봄바람이 최고요, 사서 삼경 다 뒤져도 계집 녀 자보다 더 좋은 말 없으니 맹자 왈 사람 가운데엔 계집이 최고니라. …… 어서어서 봄바람아 불어라 계집아 내게 와라, 춘향이부터 오너라. 공자 왈 봄 춘 바람 풍, 맹자 왈 계집 녀, 방자 왈 봄 춘 향기 향이라."
(36~37쪽)

위는 이 도령이 춘향을 생각하며 사서삼경을 읽는 대목이다. 해학은 고정관념을 파괴하거나 기존의 질서를 뒤집고 굳어진 것을 해체하고 삶을 긍정하는 데서 이루어진다. 이몽룡의 아버지 이사또는 아들 방에서 글 읽는 소리가 난다며 기특해한다. 이에 목낭청에게 자랑을 하는데 목낭청은 "급체만 않으면 급제야 못할 것도 없고, 정승은 못해도 장승은 하겠지요"라며 동문서답(irrelevance)과 동음이의(同音異義)의 익살인 펀(pun)을 이용하여 조롱한다. 이런 대사가 말장난의 해학에 치우친다면, 위 인용문은 천자문과 사서삼경의 권위, 남녀칠세부동석을 주장하는 윤리를 뒤엎는다. 그리고 그 자리에 자유로운 사랑과 그 대상인 춘향을 가져다 놓는다. 덧붙여 공자, 맹자와 함께 방자를 집어넣어 방자를 성현의 반열에 올리는 한편, 공자와 맹자를 하인인 방자의 수준으로 끌어내린다. 아울러 삶은 윤리나 도덕이 아니라 사랑임을 넌지시 알린다.

"올려본께 높디높은 / 하늘천에 앉아본께 / 밑으로다 푹꺼저분 / 따지로다 남긴거집 / 얼싸안고 등 나무에 / 친넌쿨에 친친감은/감을현에 뜨거운몸/그대로라 누리끼리/노릇노릇 샛노란황/집있다고 좋아하니/집우집주 세상넓고/거칠어서 할일많다/홍황홍황 쿵쾅쿵쾅." (147~148쪽)

위는 이도령이 춘향과 성애를 즐기는 동안 방자가 이도령 대신 천자문을 읽는 대목이다. 전라도 사투리의 감칠맛을 살리면서 4·4조 가사의 운율에 맞추었다. 이를 읽는 맥락 자체가 풍자이다.

이도령은 공부를 하지 않고 춘향과 성애에 탐닉하고, 이도령과 사사건건 마주치지만 이도령을 은근히 챙기는 방자가 아버지께 혼날까 봐 이도령으로 가장하고 공부를 하는 척한다. 춘향과 이도령이 춘향의 집에서 어우러져 사랑을 나누는 장면을 연상하면서 이를 속임(deception)과 말장난을 이용하여 천자문에 교차시킨다. 검을 현이 두 남녀가 몸을 칭칭 감은 현이 되고, 누루 황이 두 남녀의 누런 몸이 된다. 그리고 마지막엔 어느 재벌의 말을 비틀어 "세상은 넓고 거칠어서 할 일이 많다"고 한다(요즘 정치를 풍자한 만사형통도 보인다). 세상은 거칠기에 외려 그를 부드럽고 아름답게 할 일이 많다는 뜻인 동시에, 세상이 넓으니 할 일을 하라는 진술이다. 그 할 일이란 바로 이성에 대한 사랑과 타자에 대한 실천이다. 이성에 대한 사랑이 홍황홍황이라면 타자에 대한 실천이 쿵쾅쿵쾅이다.

수사 차원만이 아니다. 서사 차원에서도 풍자는 신랄하게 행해진다. 방자가 이도령에게서 형님과 아버지 소리를 듣고 사사건건 그를 놀려 먹는 자체가 신분과 권력 관계를 전도시킨 풍자이다. 낮은 신분이지만 성실한 방자가 높은 신분이지만 거지로 전락한 이도령의 살림 밑천을 대준다. 복수도 이런 복수가 없다. 승화된, 적을 진정으로 굴복시키는 복수이다. 이는 신분 하나로 권력과 부(富)를 독점하고 낮은 계층의 사람은 죽을힘을 다하여 노동을 해도 굶주림을 면하기 어려운 조선조 사회에 대한 조롱이다. 이도령이 과거에 매번 떨어지지만 외려 더 행복하게 산다는 구성 자체가 출사만을 인생 최대의 목표로 설정한 조선조 사회에 대한 신랄한 풍자이다.

이 조롱과 풍자에 21세기를 사는 우리 또한 통쾌한 카타르시스를 느낀다. 이것이 현재성을 갖기 때문이다. 과거를 통해 현재를 분석하고 더 나은 미래를 전망하는 것이 올바른 역사의식이라면, 우리 청소년들은 이를 통해 자신이 마주친 한국 사회와 교육 현실을 분석하고 참사람을 만드는 참교육의 길과 모두가 평등하고 정의로운 사회를 꿈꿀 수 있으리라. 그러기에 이 소설은 부조리한 세계와 타락한 현실에 맞서서 진정한 가치를 추구하는 청소년이 마주칠 수밖에 없는 시련과 고통, 좌절을 풍자와 해학으로 극복하고 새로운 세계에 눈뜨는 성장담으로 전환한다.

3. 트릭스터, 방자의 시선으로 엮은 전복의 서사

많은 이들이 원전을 변형시키는 것이 패러디(parody)인 줄 알고 있지만, 패러디란 원전을 전복하는 것이다. 경쟁을 옹호하고 승자 독식주의를 부추기는 토끼와 거북 이야기를 비틀어 거북이가 잠자는 토끼를 깨우고 이에 감동한 토끼가 거북이와 함께 어깨동무를 하고 들어가고, 피부가 눈처럼 하얀 여인이 미인이라는 이데올로기를 담고 있는 백설공주를 비틀어 흑인 미녀와 왕자의 사랑 이야기로 바꾸어 쓰는 것이 진정 패러디 이다.

『춘향전』 자체가 양반 사대부만이 서로 사랑하고 혼인한 이야기들의 패러디이다. 양인 신분에도 미치지 못하는 천민 기생 출신 춘향이 양반집 도령과 사랑을 하고 그와 혼인을 하여 그가 낳은 자식이 정승과 판서가 된다는 자체가 반역의 발상이다. 민중층이 수용한 버전일수록 춘향이 양반의 출신이 아니라 서민과 기생이 혼인하여 낳은 것으로 묘사되고, 양반을 향한 풍자와 비판의 서슬이 더욱 퍼렇다.

그럼 지금의 『춘향전』은 어떤 전복이 가능할까. 얼마 전에 상영된 영화 〈방자전〉은 방자라는 인물을 중심으로 『춘향전』을 재해석하는 데는 성공했지만 애욕에만 초점이 맞추어져 전복은 이루어지지 못하였다. 아마 박상률 작가는 몹시 못마땅했을 것이다. "방자를 중심으로 재해석하려면 뭔가 비트는 것이 있어야지 겨우 신분을 초월한 성애로 만들었어?" 사실 『방자 왈왈』은 〈방자전〉이 나오기 전에 이미 『학교도서관저널』 잡지에 연재하고 있었다. 성장담에서는 한국 최고라 해도 과언이 아닌 작가는 방자의 시각에서, 청소년의 성장담에 맞추어 『춘향전』을 제대로 비틀었다.

트릭스터(trickster)란 꾀 많은 장난꾸러기, 사기꾼, 책략가, 요술쟁이라는 뜻으로 서사에서는 신화나 설화에서 주술과 장난으로 질서를 깨는 초자연적 존재를 뜻한다. 이제는 기존의 틀과 서사에 흠집을 내고 반전을 꾀하는 매개자로 뜻을 넓혔으며, 비디오 아티스트 백남준은 자신이 현대 문명과 예술의 트릭스터라고 공언하였다. 그러기에 이제는 "트릭스터가 세상을 바꾼다"라는 말도 떠돈다.

방자는 『춘향전』에서 서사 진행과 주인공의 만남과 이별에 막대한 영향력을 행사하는 매력이 넘치는 트릭스터이다. 박상률 작가가 이번에 제대로 트릭스터로서 방자를 되살렸다. 방자는 이름부터가 복합적인 의미를 갖는다. 『방자 왈왈』에서 방자의 본이름은 고두쇠로 나오고 있다. 고두쇠는 작두날이 빠지지 않은 채 작두질을 할 수 있도록 작두의 머리에 꽂는 끝이 굽은 쇠, 또는 장 문짝 등에 꽂는, 두 쪽으로 된 장식을 맞추어 끼우는 쇠를 뜻한다. 고두쇠는 꼭 필요한 존재이자 양자를 매개하는 자, 어떤 곳에 작용하여 그 기능을 원활하게 하는 자를 가리킨다.

더욱 재미있는 것은 방자를 공자·맹자·장자와 같은 성현의 반열에 올려놓았다는 점이다. 신분의 경우에도 관기의 아들로 주막 일을 돕는 천인이지만, 나중에 보니 그도 춘향처럼 성참 판의 아들이다. 천민인 동시에 양반의 아들이고, 이도령의 책방 방자로서 이도령을 춘향과 맺어 주는 매개자이자 이도령의 형님이자 춘향의 이복 오라버니로서 자신의 처지에 만족할 줄 아는 지족거사이자 양자의 모든 잘못을 덮어 주고 행복으로 이끄는 성현이다. 『방자 왈왈』이라는 소설의 제명 자체도 개가 짖는 소리이자 공자 왈 맹자 왈 할 때의 왈이니, 방자의 말은 개 짖는 소리로 무시해도 좋은 하인의 헛소리이자 동양에서는, 특히 사대부들에게는 가장 권위를 갖는 성현의 말씀인 것이다.

트릭스터로서 방자는 하인 신분이지만 상전인 이도령을 놀려 권력 관계를 마음껏 비튼다. 방자는 춘향을 만나기 위해 애가 타는 도령을 겁박하여 '형님!'을 이끌어 내며, 자신의 성이 원래 '아'이고 이름이 '바지'라며, 결국 자신을 '형님'과 '아버지'로 부르게 한다. 하인 주제에 양반을 한껏 조롱하고 권력 관계를 전도시키는 역설의 카타르시스를 보여 주는 것이다.

그뿐만이 아니다. 그는 무식한 듯하지만 글깨나 읽은 선비를 조롱할 정도로 유식하고, 이 도령을 조롱하면서도 상전으로 모시고, 이도령을 애타게 하면서도 춘향과 엮어 주고, 춘향을 흠모하면서도 향단에게 만족하는 역설적인 인물이다. 그러기에 그는 상놈이면서 선비이고, 하인이면서 상전이고, 이도 령의 연적이자 중매쟁이이고, 춘향의 오라버니이자 향단의 지 아비이다.

이런 역설적인 인물이기에 그는 모르는 것이 없고 못하는 행위가 없고 건드리지 않는 인물이 없고 해결하지 못하는 문 제가 없는 전지전능한 자유인이다. 이도령의 모든 것을 꿰뚫 어 보고 마음껏 조롱하면서도 그의 속 좁음까지 너른 마음으 로 이해하고 포용한다. 수룡이와 변사또의 행악과 권력의 힘 을 알면서도 춘향을 탈옥시킨다. 거지 도령과 춘향을 다시 맺 어 주고 노잣돈에 살림 밑천까지 넉넉히 챙겨 주며 지리산에 들어가 둘이 행복하게 살게 한다. 더 나아가 주막에서 번 돈으 로 돌볼 사람이 없는 노인과 아이들을 돌본다. 사랑의 시작이 완성이라든가, 진짜 공부는 사랑할 수 있는 마음을 닦는 것이 라는 말은 성현을 능가하는 방자의 말씀이다.

이에 이 소설은 트릭스터 방자에 의해 여지없이 전복된다. 신분과 권력 관계만이 아니다. 겉으로 읽으면 그리 큰 전복이 보이지 않지만, "진짜 공부는 사랑할 수 있는 맘을 닦는 것이 여"라는 방자의 말씀을 되새기며 이도령이 과거에 거듭 떨어 지도록 구성한 까닭을 되짚으면, 이 소설에는 다른 『춘향전』에 없는 전복이 숨어 있음을 알게 된다.

귀한 것과 천한 것, 윤리 도덕과 자유로운 사랑, 유교의 이 념과 애민(愛民)의 현실, 관념적인 공부와 진정한 공부, 체제의 교육과 사람 살리는 교육이 전도된다. 그리하여 천한 방자가 외려 귀한 도령을 구원한다. 윤리 도덕보다 더 중요한 것은 사람 사이의 자유로운 사랑이라 외친다. 유교의 이념을 내세우는 것보다 한 사람의 굶주리는 백성을 돌보는 것이 사대부가 할 일이라고 말한다. 사서삼경을 달달 외우는 것보다 백성의 배곯는 소리에 귀 기울일 줄 아는 것이 진정한 공부라고 말한다. 그리하여 과거에 급제하여 부귀영화를 누리는 것보다 과거에 떨어져 가난해도 둘이 서로 사랑하며 살아가는 것이 더욱 행복한 삶이라고 맺는다.

그러기에 전복의 칼은 조선조만을 향하는 것이 아니다. 명문대 합격만이 행복의 길인 양 국가와 교육부와 언론이 나서서 집단으로 사기를 치는 한국 교육, 아무리 성실히 일해도 가난을 대물림하는 천민자본주의 사회, 더 뇌물을 받고 더 부조리한 자가 더 큰 권력을 쥐는 정치판을 향한다. 그 지옥과 같은 현실 속에서도 이 땅의 젊은이들은 더 참다운 진리를 배우려 하고, 더 아름답게 사랑하려 하고, 더 정의롭고 아름다운 삶을 살려 몸부림을 치고 있다. 그러기에 이 소설은 그들이 그런 삶을 살기 위해 겪을 수밖에 없는 시련과 고통, 그 극복의 아우름에 대한 한 어른의 헌사이자 조언이다.

이 소설에서 가장 한을 잘 풀어내고 지극한 아우름에 이른 자는 누구일까? 그것은 춘향도 이도령도 아닌 방자이다. 그는 가난의 한을 외려 빈자에 대한 자비로, 천민으로서 서러움을 상전에 대한 포용으로, 춘향과 이루지 못한 사랑을 향단과 질박한 사랑으로 풀어냈다.

　어두울수록 별은 더욱 맑게 반짝이는 법. 우리 그 별을 바라며 몸의 온 구멍에서 이런저런 온갖 물이 질질 흐르도록 한판 질탕하게 놀아 볼까나! 개가 짖는다. 방자가 짖는다. 나으리들이 짖는다. 왈, 왈, 왈!

방자 왈왈

2011년 6월 10일 1판 1쇄
2012년 8월 6일 1판 4쇄

지은이 : 박상률

편집 : 김태희, 김태형, 이혜재
디자인 : 권지연
제작 : 박흥기
마케팅 : 이병규, 최영미, 양현범

출력 : 한국커뮤니케이션
인쇄 : 코리아피앤피
제책 : 정문바인텍

펴낸이 : 강맑실
펴낸곳 : (주)사계절출판사
등록 : 제 406-2003-034호
주소 : (우)413-756 경기도 파주시 문발동 파주출판도시 513-3
전화 : 031)955-8588, 8558
전송 : 마케팅부 031)955-8595 | 편집부 031)955-8596
홈페이지 : www.sakyejul.co.kr | 전자우편 : skj@sakyejul.co.kr
독자카페 : 사계절 책 향기가 나는 집 http://cafe.naver.com/sakyejul
페이스북 : www.facebook.com/sakyejul | 트위터 : www.twitter.com/sakyejul

사계절출판사는 성장의 의미를 생각합니다.
사계절출판사는 독자 여러분의 의견에 늘 귀기울이고 있습니다.

ISBN 978-89-5828-554-0 44810
ISBN 978-89-5828-473-4 (세트)

이 도서의 국립중앙도서관 출판시도서목록(CIP)은 e-CIP 홈페이지(http://www.nl.go.kr/cip.php)에서
이용하실 수 있습니다.(CIP제어번호: CIP2011002176)